KB071238

청어산문선
001

탄천에 부는 바람

김후곤 산문집

청어

탄천에 부는 바람

김후곤 지음

발행처   도서출판 **청어**
발행인   이영철
영업   이동호
홍보   천성래
기획   육재섭
편집   이설빈
디자인   이수빈 | 김영은
제작이사 공병한
인쇄   두리터

등록   1999년 5월 3일
          (제321-3210000251001999000063호)

1판 1쇄 발행 2024년 6월 20일

주소   서울특별시 서초구 남부순환로 364길 8-15 동일빌딩 2층
대표전화 02-586-0477
팩시밀리 0303-0942-0478
홈페이지 www.chungeobook.com
E-mail   ppi20@hanmail.net

ISBN   979-11-6855-254-8(03810)

탄천에 부는 바람은

[風]이면서 [HOPE]이기도 하다

차례

1부

—

바람의 길

사람들에게 붙잡힌 매, 인간 세상에서 살다가
다시 산으로 돌아갔다. 매는 돌아갔지만 발에 끈
이 묶이고 은방울이 달려 있었다. 다른 매들은 그
매를 받아들이지 않았다.
　　"돌아가."
　　다른 매들이 말했다.
　　"은방울을 달아준 데로 돌아가. 우리에게는
끈도 없고 은방울도 없어."
　　그러나 매는 고향을 떠나고 싶지 않았으므로
그곳에 남았다. 다른 매들은 그 매를 받아들이지
않았고, 결국 쪼아 죽였다.

　　　　　　　　　—『하지 무라트』(레프 톨스토이)에서

시간을 덮다

　침대에 협탁이 바짝 붙어있다. 그 위에는, 누워 읽다 졸음에 밀려 펼쳐진 채 엎어 놓은 책, 손바닥만 한 메모지와 몽당연필, 전자시계가 놓여있다. 책과 메모지, 몽당연필은 보이지 않기도 하고 위치가 달라지지만, 전자시계는 항상 그 자리를 지키고 있다.

　전자시계는 항상 두 눈을 깜빡인다. 깜빡이는 두 눈 양쪽의 숫자는 붉은색으로, 숫자가 바뀌어지는 것을 보려 하면 금세 지루해져 보지 못하고, 무심하게 지나치면 어느 사이에 그 숫자는 달라진다. 나는 깜빡이는 두 점을, 위아래로 눈이 달린 상상의 동물이라고 생각한 적이 있다. 내가 외출하거나 깨어있거나 잠잘 때도 두 눈을 감았다 떴다 하는, 살아 숨 쉬는 동물이라고.

　나는 깜빡거림에 빨려든다. 내가 무엇을 하며 무슨 생각을 하는지 살펴보는 듯하고, 주춤거리며 흔들리는 나에게 힘을 실어주어 기대하는 눈짓이기도 하고, 게으름을 피우지 말고 꾸준하라고 재촉하는 눈빛이 된다.

세상에서

가장 길면서도 가장 짧은 것

가장 빠르면서도 가장 느린 것

가장 작게 나눌 수 있으면서도 가장 길게 늘일 수 있는 것

가장 하찮은 것 같으면서도 가장 회한을 많이 남기는 것

그것이 없으면 아무것도 할 수 없고

사소한 것은 모두 집어삼키고

위대한 것에게는 생명과 영혼을 불어넣는 것

그것은 무엇일까요?*

친구가 혼잣말을 했다.

"벌써 6월, 올해의 반이 지나가네."

거실을 지나가던 딸이 아버지의 혼잣말을 들었다.

"6월, 아직도 반이나 남았네요."

친구는 빠르게 지나가는 세월에 대한 아쉬움으로 '6월'을 말한 것인데, 딸의 말에서는 아쉬움이 아니라 세월에 대한 투정이 들어 있었다.

"그러니? 내년을 기다리는구나."

"시간, 너무 느려. 빨리 지나갔으면 좋겠어요. 내년에는 분명 좋은 일이…."

그리고 나서도 우리는 핸드폰으로 건강과 사소한 이야기들을 주고받았다. 친구가 한 마디 던지고 내 귀에서 사라졌다.

"너도, 세월이 빠르지?"

물론, 시간은 급경사를 타고 굴러가는 바퀴라고 나는 가끔 생각한다. 물리적인 시간의 흐름은 동일하지만 사람에 따라 속도에 차이가 난다고도. 나이 든 사람들은 기억과 습관화된 경험에 행동이 우선적으로 반응하고, 새로운 것에는 적응 능력이 떨어져, 주관적으로 인생의 속도가 빠르다 생각하는 건 아닌지.

'위대한 것에게는 생명과 영혼을 불어넣는 것', 시간이란다. 자신에게 주어진 시간을 한없이 늘리며 내 것으로 만드는(만든) 사람들이 있다. 화가가 그렇고, 음악인, 끊임없이 책을 읽고 글을 쓰는 사람, 연중 날씨와 작물을 꿰고 있는 농부들, 빚고 굽고 안 되면 깨는 도공, 나비를 보면 30리를 마다하지 않고 쫓아간 사람, 찰스 다윈이 그렇고, 알베르트 슈바이처가 보인다. 그 외 너무나 많은 사람들. 이들은 '1만 시간의 법칙'을 넘어 자신이 하고 싶은 일, 좋아하는 일을 한 사람들이다. 평생을 한 가지 일에 몰두한 사람들이다. 『말하는 소나무』(문예운동)의 '소나무'도 그중 한 분이다.

오전 6시, 서울의 아파트 입구. 40대 남성이 60대 남성에게 갑자기 발길질해 쓰러뜨리고, 이어 도로 경계석으로 얼굴을 내리쳤다. 1분 만에 죽음을 맞았다. 출근을 서두르는 사람, 산책을 나온 주민들은 피해자를 쳐다보지도 않았다고. 모두 자신의 시간이 아까웠던 모양이라는 내 생각이 희미하다. 누워 책을 읽다 눈이 피곤해 협탁 위에 책을 엎어 놓고, 불을 끄고 잠을 청한다. 올 듯하던 잠은 오지 않고 대신 떠오른 아침 신문 기사 내용이었다.

텃밭에서 돌아오며 본 장면은 선명해졌다. 짧은 치마, 반팔 교복의 여학생이 남자 학생 팔에 매달리다시피 등교한다. 순간, '아침부터 남자를 그렇게 따라다니면 공부가 되겠냐? 남학생, 너도!' 이건 나의 어렸을 때 입력된 사고방식이야, 요즈음에는 오히려 정신적 안정감이 생기고 공부에 더 열중하게 된다잖아. 이런 생각도 하고. 뒤이어 음식점에서 '이모'라고 부르며 서빙을 바란다. 우리들의 어머니는 모두 한 사람인가, 라는 생각도 하고. 이런저런 생각으로 뒤척이다 붉은 눈을 깜빡이는 협탁의 시계와 마주한다. 숨을 죽이고 바라본다. 깜빡깜빡대며 시간을 새기고 있다. 똑딱똑딱, 째깍째깍 소리가 들린다.

"너, 항상 그래. 쉬지도 않니?"

잠은 멀리 달아나고, 이상한 조바심이 비집고 들어왔다. 나는 얼른 수건을 가지고 와 시계를 덮었다. 두터운 타월이었다. 깜빡임이 보이지 않는다.

'너, 잠 좀 자라.'

M. 패러데이(영국 물리학자)

새 사냥

나는 한때 '조·중·동'이라 불리었던 일간지를 인터넷으로 구독한다. 내 관심을 끌어당기고 흥미를 일으키는 칼럼을 신문별, 요일별로 표를 만들어 책상 앞에 붙여 놓고 아침마다 이를 중점적으로 읽는다. 구독이라 할 수는 없고, 누구의 허락 없이 마음대로 골라 읽으니 '남독(濫讀)'이라 하겠다.

조선일보의 '우정아 아트 스토리'는 매주 화요일에 연재된다. 2011년부터 연재를 시작해 오늘날까지 10년 넘게 실리고 있다. 미술작품을 감상하는 능력이 낮은 나, 회화뿐만 아니다. 음악이 그렇고, 동식물, 자연 분야에서도 문외한이다. 문학도 그렇다. 그림을 이해하는 데 조금이라도 도움이 되겠지, 하는 생각을 갖게 되었다.

필자는 한 미술작품을 골라 나에게 소개한다. 그림을 그린 화가의 생애, 시대의 상황, 추구했던 회화 기법, 일화, 서양 미술사에 끼친 영향 등을 알려준다. 이론이 바르고 이야기의 흐름이 자연스럽다. 나는 이 기사를 복사하고, 바탕화면의 폴더 속 '그림으로 보는 세상'이란 아이콘에 저장해 놓는다. 내가 이 칼럼을 본 지 8년이 넘는다.

　'만종'과 '이삭줍기'로 우리에게 낯익은 장 프랑수아 밀레(1814
~1875)의 마지막 작품 '새 사냥'이다. 흘깃 보면 추수를 마친 사람들
이 어두운 밤하늘에 축포를 쏘아 올리고, 눈부시게 폭발하는 금빛 불
꽃 아래서 춤이라도 추는 듯한 축제 분위기다. 파도처럼 너울대며 사
방으로 흩어지는 건 불꽃이 아니라 비둘기 떼다.

　'농부들은 나뭇가지에 줄지어 앉아있는 비둘기들에게 횃불을 휘
둘러, 놀란 새들이 밝은 빛에 눈이 먼 채 푸드덕 날아오를 때, 마구잡
이로 몽둥이질을 해 사냥하고 있다. 힘차게 뛰어올라 새들을 후려치
는 남자, 땅바닥에 엎드려 떨어진 새를 움켜쥐고 자루에 주워 담느라

　　　　　　　　　　　　　　　　　　　　　　　　김후곤 수필집

야단인 여인들에게는 이 밤이 축제일지도 모른다. 그러나 아닌 밤중에 그야말로 뒤통수를 얻어맞고 추풍낙엽처럼 우수수 떨어지는 새들의 모습은 측은하기 짝이 없다.'

—〈처참하고 찬란한 아우성〉, 우정아의 아트 스토리[394]

(조선일보 2021.09.07.)에서

나는 이 그림을 보고 잠시 멍했다. 왜 그런지는 모르고. 막연하게 어렸을 때의 추억이 언뜻언뜻 지나갔다. 가난함, 먹거리가 팍팍하던 시절이 떠올랐다. 막대기를 휘둘러 새를 잡거나, 비슷한 방법으로 작은 동물을 잡아본 적도 없다. 기껏해야 개구리 몇 마리를 잡아, 통통한 뒷다리를 주욱 찢어 잔불에 구워 먹던 모습, 입가에 검댕이를 묻혀 서로의 얼굴을 바라보고, 손가락질하며 웃어 젖히던 모습이 떠올랐다. 젊음의 한여름, 냇가에 나가 첨벙대며 반두에 작은 물고기를 몰아넣고, 어머니에게 갖다주고, 한참을 기다리다 양은솥째 방에 들어오던 어죽, 함께 마시던 막걸리를 생각했다.

어른들의 구시렁거리던 소리도 환청으로 들렸다.

"아이고오, 푸성귀만 먹었더니 소증이 나는구먼."

"참새 새끼라도 잡아먹을 거나?"

누구랄 것도 없이 가난한 동네, 먹고 사는 게 힘겨웠던 사람들, 단백질을 충분히 섭취하지 못해서 오는, 고기를 먹고 싶어 하는 신체적 욕구를 채워주지 못하던 시절이었다.

어떻게든 먹고 살려는 가난한 사람들, 그들의 손에 처참하게 죽어가는 비둘기들의 비명조차 지를 수 없는 죽음이 있다. 새들을 향해 마구 휘두르는 몽둥이에서 잔인함보다는 먹고 살려는 것에 매달려야 하는 사람들의 절실함이 보인다. 몽둥이를 휘두르지 않을 수 없는 삶의 한 면을, 간절함을 보는 듯해 마음이 착잡하다. 또 끈끈한 삶의 애착도 생생하다.

'삶의 애착이라는 몽둥이를 휘두르고.'

가난했던 시절의 기억이 희미하다. 오늘 점심은 나물집에 가 산채나 비벼볼까. 먹거리의 풍요 속에서 또 하루를 건넌다.

텃밭에 부는 바람

운동장만 한 공지에 자신의 영역을 차지했다. 선을 긋는다든지 줄을 쳐놓아 경계를 지은 것이 아니다. 농사짓고 싶은 만큼만 각자 알아서 땅을 일구었다. 일구어 놓은 모양이 손바닥만 한 땅뙈기마다 달랐다. 그러니 선이나 줄, 담을 칠 필요가 없다. 그런 곳에서 텃밭을 이 년 동안, 몇 종류 되지 않는 작물을 재배해 본 친구는 건강이 좋지 않아 그마저 작파했다. 7년째 텃밭 농사를 짓고 있는 나를 친구는 그럴듯한 농사꾼으로 보고 있었다.

"그렇게 재미있어? 상추 한 포기 제대로 자라지 않던데."

이런저런 이야기를 주고받으며 친구는 텃밭에서 재미를 얻지 못했다 했다. 그럴 리 없다고 나는 말하다 입을 다물었다. 그 까닭을 찾지 못했다. 지나가는 말투로 일 년에 거름 몇 포대 정도 썼는가를 물었다. 친구의 몸이 앞으로 쏠렸다.

"거름을? 어떤? 그런 게 있어?"

유기농으로 채소를 키우고 싶어 밭을 일구고 모종을 심고 매일 아침 물을 주었다고. 유기농이라는 생각의 함정에 빠져 거름을 떠올리지 못한 텃밭 농사였다고도.

책에서 기이한 이야기를 읽었다.

'고추 가지 깨 같은 열매채소에는 여자의 오줌이 좋고, 무 마늘 당근 같은 뿌리가 굵어야 하는 채소에는 남자의 오줌이 좋다고 선조들은 생각했단다. 과학적인 근거가 있어서가 아니라 주술적인 효과를 노린 말일 것이다.'

다음과 같이 이어가고 있었다.

'유럽의 농사는 밭을 갈아서 씨앗을 뿌린다. 삼포식 농사라서 거름을 줄 필요가 없고, 또 건조하고 추워서 병충해도 없다. 씨앗만 뿌리고 방치해 놓으면 손 한번 쓰는 법 없이 절로 자란다. 다 자라면 거두어들이는 그런 농사다. 곧 유럽 농사에는 가꾼다는 개념이 없다.'
—『김치견문록』(김만조·이규태)에서

우리 선대는 먹거리가 부족해 만성적인 배고픔을 참아야 했다. 자투리땅이라도 놀릴 수 없었고, 해마다 그곳에 작물을 심어야 했다. 그

김후곤 수필집

래서 우리의 밭농사에는 특히 거름이 필요했다.

　5년째 텃밭을 함께 드나드는 강은 부지런함을 보였다. 밭을 일구고 씨를 파종하고 모종을 심는데 빨랐다. 하루나 이틀이면 모든 것을 해치웠다. 시기에 맞추어 작물을 심기도 했다. 부지런함은 여기까지였다.

　나는 이른 아침 텃밭에 나가 한 시간 정도 작물 하나하나와 눈을 맞추고, 집에 돌아와 아침을 먹는다. 강은 아침을 먹은 후 밭에 나온다. 강과 나는 밭에서 마주치지 않는다. 어쩌다 이른 아침에 나온 강의 우렁우렁하는 목소리가 들렸다.

　"일주일 만에 밭에 나왔습니다."

　일주일이 삼일이나 사일로 바뀌기도 하는, 아침 인사에 나는 몇 번 듣다가 되물을 뻔했다.

　'그래도 채소들이 잘 자란다 이거지. 텃밭 농사를 우습게 보고 있는 거고.'

　거름이 부족하면 작물은 잘 자라지 못한다. 작물의 모양새만 보여주고, 시들시들 혹은 삐들삐들, 울 밑에서 흐느적거리는 병든 병아리가 된다. 뿌리나 줄기에 불치병을 앓기도 한다. 기대되는 채소나 열매를 얻지 못함은 당연하다.

　밭농사는 마치 아이를 안고 어루만지고 쓰다듬고 긁어주는 등 자잘한 손품이 많이 든다.

일찍 모종을 심고 날이 추워지면 냉해 입을까 안타까워하며 새벽 잠을 설친다. 가물면 물을 주고 장마철에는 골을 파준다. 뿌리가 드러날 성싶으면 흙을 돋우어 주고, 바람이 불면 지지대를 세워 묶어주고, 가지가 처지면 쳐들어 매준다. 한 줄기에 꽃이 많으면 서로 싸우느라 크지 못한다 생각해 꽃을 따주기도 한다.

일주일에 한 번 정도 텃밭에서 만나는 강.

"채소, 주인의 발걸음 소리로 자란다."

말을 잘한다.

밭에서 뿐이 아니다. 우리의 삶에서도 아는 것과 이를 실천하는 것은 전혀 다른 일이다. 아침마다 들여다볼 수 있는 텃밭이 있어 다행이다.

여기서 하루가 시작된다.

호(號)를 받다

1. 전화를 받다

늦은 벌초를 하기 위해 분당 버스터미널에서 동생을 만난다. 동생은 하는 일에 실패를 거듭하고 자동차 면허를 반납했다. 예초기를 들고 온 동생을 옆에 앉히고 내가 운전대를 돌리며 고향엘 간다. 서로의 이야기가 바닥나고, GPS를 깔아준다며 내 핸드폰을 만지작거린다. 부르륵거리는 소리에 놀라 동생이 나에게 핸드폰을 건네준다. 운전하고 있는 나에게 무의식적인 행동이다. 나도 주는 대로 받고, 통화한다. 선생님은 나의 상황을 알 리 없다.

"작을 소(小) 뫼 산(山)이 있고, 작을 소(小) 샘 천(泉)이 있어. 생각해서 골라."

나는 승진자 명단에 내 이름이 들어있다는 전화를 받았을 때의 기분이었을 것이다. 첫딸이 태어났을 때 우쭐거리고 경중대며 연신 벙글거리던 모습이었을 게다.

이날 당일치기의 벌초는, 동생의 막차 시간에 맞추고 또 '저녁은 먹여서 보내야지' 하는 마음으로 엑셀을 밟으려 했으나, 수요일 오후였는데도 한 시간 이상을 정체해 버스터미널로 겨우 들어온다. 머릿속에서는 소산(小山)과 소천(小泉)이 들락거려, 어떻게 운전했는지 기억이 나지 않는다. 경력 40년의 운전 습관으로 보낸 하루였다.

이튿날 선생님과 통화한다.

"호는 작게. 자신을 겸손하게 낮추는 것으로 삼아야 해. 小泉, 옹달샘이여. 스스로 퐁퐁 소리로 물을 솟구치고. 끊임없어."

옛날 사람들은 호를 받았을 때 어떻게 했는지라는 내 질문이 은근하다.

"친구들을 불러 식사하며 술도 한 잔 허구. 그러면서 자꾸 불러달라 했지."

"감사합니다. 다음 주 화요일 점심은 제가 내겠습니다."

"그 집, 점심값이 꽤 나갈 텐데…."

"호를 지어주시고, 저를 글 쓰는 사람으로 대접하시는데. 가만있을 수 없습니다."

2. 조문하다

아침 아홉 시쯤 선배의 전화가 온다. 낮 열두 시에 모임이 있고, 순서에 따라 점심값을 내가 계산하는 날이다. 오늘 모임에 대한 확인 전화로 생각하며 얼른 받는다. 뜬금없이 조문을 가잖다. '무슨 조문? 언제? 누구?' 이런 생각이 머릿속에서 바로 앞의 고속열차처럼 질주한다. 선배가 설명한다.

"영국 여왕. 영연방이 지금도 열다섯 나라가 넘는다는데. 50여 년을 통치하고…. 영국의 기반을 탄탄하게 조성한…. CNN에서는 15시간 넘게 여왕의 일대기를 방영하고…. 선진국들은 조기(弔旗)를 게양하고…."

끊임없이 자꾸자꾸 설명한다. 나는 런던에서 중학교에 다니는 두 손자 녀석을 생각한다. 짧게 답한다.

"접수!"

"지금 뭐라고 했어?"

"접수요. 그런데 열두 시까지 다시 분당으로 와야 하잖아!"

"영국 대사관, 대한문, 덕수궁 옆에 붙어있고. 지금 움직이기 시작하면 열두 시까지, 딱 맞을 것 같아."

나는 그제 받은 호, 오늘 열한 시쯤 오늘 모임의 카톡에 올리고, 점심을 하면서 자연스럽게 호에 대한 이야기를 주고받고 싶었다. 조문으로 이런 계획을 조금 튼다. 전철로 대사관으로 이동한다. 나는 경로석에 앉아 모임의 카톡에 내 호를 올린다.

'성기조 선생님에게서 호를 받았습니다. 소천, 小泉, 옹달샘. 자주 불러주십시오.'

내가 보낸 문자는 허공을 가르며 주소도 정확하게 잘도 찾아간다. 옆 선배의 핸드폰에 '까똑' 소리로 문자가 밀고 들어간 모양이다.

"소천! 후곤 선생에게 벌써 있었어야 할 호이고. 축하합니다."

"전 지금도 충분합니다."

전철은 내 기분처럼 쉴 때는 쉬면서, 규칙적으로 철컹 철커덕거리는 소리로 경쾌하게 달린다.

'까똑' 소리로 문자가 들어온다. 윤 화백이다.

'소릿값이 所天, 召天과 같아 부르기 쉽지 않은 號인 것 같습니다. 조선 말기 화가 유재소 선생님의 호이기도 하구요. 참고하세요.'

윤 화백, 지금은 만남이 뜸하지만, 한 교실에서 글쓰기 공부를 함께하고, 대화가 차분하고 옹졸하지 않아 내 호감도가 높은 사람이다. 명문 미대를 졸업한 정통파 화가로 수십 번의 개인전, 국제전에 참가하고 있다. 몇 년 전에는 인사동에서 개인전을 열어 관람하며 몇 장의 엽서를 받아오기도 했다.

윤 화백이 보내준 문자의 맥락이 참 묘하다. 우쭐대던 내 마음에 하얀 서리가 낀다. '자주 불러주세요'에 '부르기 쉽지 않은 호인 것' 같다니. 그리고 무얼 참고해? 허전한 마음에 평정심을 유지하려 애쓰며 꾸웅 하는 심정으로 조심스럽게 문자를 보낸다.

'所天, 召天은 길게 발음, 小泉은 짧게 발음. 아무튼 감사.' 천천히 보내기 버튼을 누른다.

그렇지 않아도 검은 내 얼굴에는 까망을 덧칠했을 거다. 그냥 시무룩해진다. 여기가 어딘가. 왜 이리 답답해. 전철 속의 사람들은 왜 이리 많아. 서 있는 모습들은 왜 하나같이 추레해.

핸드폰이 부르륵거린다. 핸드폰 창에 윤 화백의 이름이 뜬다.

"저, 지금 전철 안에 있습니다."

"선생님, 제가 드리는 말, 그냥 듣고 계세요. 조금 전의 문자는…"

나는 말도 잘 듣는다. 한참을 듣고, 그렇게 통화를 끝낸다. 윤 화백

김후곤 수필집

은 내 호감도에서 크게 벗어나지 않는다. 내 머릿속의 서리는 산 위로 솟아오른 태양에 의해 녹아버리고 이내 말라버렸다. 검은 얼굴에는 하얀 분을 발랐음이다. '까똑', 이번의 문자는 공손하다.

'선생님, 죄송합니다. 제가 네이밍, 그런 분야는 전공 분야 하고 많이 유관 되어, 크게 예의에 어긋난 행동을 하고 말았습니다.'

나는 으음 하는 시늉으로 내 고향이 아닌 사투리로 답한다. '괜안 슴더'. 5분 후쯤, 또 하나의 문자.

'건강하신 목소리 들어 기분이 좋습니다. 선생님을 아끼고, 오래도록 함께하고픈 마음에서 말씀드린 것이니 혜량해 주옵소서.'

호를 알리는 점심을 흔쾌히 두 번 대접했고, 취한 것은 물론이다. 앞으로도 몇 번, 내 호를 알리는 북을 쳐댈 생각이다.

3. 호를 생각하다

우리나라는 삼국시대 이래 일반인, 사대부, 선비들이 호를 사용해 왔다. 호는 친구나 후배, 부모, 스승이 지어준다. 자신이 태어난 곳, 살고 있는 곳, 지향하는 뜻, 좋아하는 물건으로 사람들은 호를 짓는다. 나는 이 중에서 스승이 지어주는 호를 으뜸으로 생각한다.

선생님이 말씀하신다.

"깊은 산속, 퐁퐁 소리로 방울방울 물이 솟아나 샘이 된다. 맑고 깨끗해 뭇짐승들이 찾아와 목을 축인다. 샘이 넘치고 물은 자신을 낮추어 흘러 강이 된다. 강은 산과 들 사이에 끼어 동식물과 함께하며 뭍을 기름지게 한다. 강은 더 나아가 바다가 된다. 바다는 모든 생명체의 근원이다. 강과 바다의 시작은 작은 샘이다. 우리말로 옹달샘이고, 한자로 小泉이다."

고욤나무 접지에 감나무 가지를 끼어 놓으면, 감나무는 무럭무럭 자라 주먹만 한 감을 주렁주렁 달게 된다.

선생님은 내 '접지'에 '小泉'이라는 호를 붙여 주셨다. 앞으로 자랄 일이 남았다.

징검다리를 건너다

    탄천은 경기도 용인의 법화산(383m)에서 발원해, 이 고을 저 고을의 옆구리를 슬쩍슬쩍 건드리며 나아간다. 물길은 거침이 없고, 꾸준히 36km를 흘러가 한강으로 유입된다.

    탄천의 곳곳에는 징검다리가 놓여있다. 나는 이 다리를 건널 때마다 거제의 '효자섬'을 생각한다. 삼 형제가 과부인 어머니를 위해 돌을 날라 놓았다는 징검다리. 과부인 어머니는 그 징검다리를 건너 비로소 자신의 연정을 풀 곳을 찾은 것이다. 탄천에는 삼 형제가 날랐다는 돌과는 크기가 다르다. 사람의 힘으로는 옮길 수 없는 커다란 돌을 탄천에 박아놓듯 놓인 징검다리다.

    탄천의 징검다리 입구에는 주의 사항이 입간판으로 서 있다. 여름철에는 하천 수면의 상승으로 실족할 위험이 있다. 겨울철에는 돌의 표면이 미끄러울 수 있어 안전사고의 위험이 있으니 돌아가라고 한다.

    내 생각은 한 번 더 뒤척인다. 내가 살아온 삶 속에는 수많은, 그리고 꼭 건너야 할 '징검다리'가 있었던 것은 아닐까. 그 '징검다리'에서 삶의 홍수에 밀려 허우적거리거나, 겨울철 빙판에 넘어져 뼈를 상하게 하기도 하면서.

　김연경은 배구를 하기에 적합하지 않았다. 키가 작고 호리호리했다. 할까? 말까? 기로였다. 적합하지 않았는지는 모르지만 적성만큼은 남달랐던 모양이다. 거기에 열성이 지극했다. 배구가 좋았다. 그녀가 할 수 있는 일은 오로지 수비뿐이었다. 하루의 시작에서, 하루의 끝을 수비 연습에 몰두했다. 수비 연습을 한다고 해, 선수로 활동할 수 있을 거라고 생각하지도 않았다. 함께하는 선수들이나 감독은 이 소녀를 눈여겨보지 않았다. 심지어 거추장스럽다고, 한쪽 구석에 가 연습하라고 지청구를 주었다. 매일 매일, 몇 년을 그저 수비 연습만 했다. 이때 그녀는 연봉을 많이 받고, 이 나라 저 나라에서, 이 팀 저 팀에서 손짓하는 선수가 될 것이라는 확신을 갖지 않았다. 꿈에도 생각하지 않았다. 그러나 김연경은 세계적인 선수로 성공한다. 대개 공격수의 약점은 수비에 있다. 김연경에게 소녀 시절의 수비 연습은 그녀가 성공의 길로 가는 '징검다리'였다.

　해외에서 공부하고 돌아와 유명한 석학이 된 사람은 그가 졸업한 대학이 징검다리이고, 커다란 무대에서 도도하게 창을 불러제끼는 사람은 득음을 위해 물벼락을 맞던 폭포가 징검다리고, 인도로 신혼여행을 갔다가 직장을 버리고, 한참 후 전문여행가가 된 사람은 신혼여행과 인도가 징검다리다.

나도 대학이라는 '징검다리'를 건넜다. 졸업한 대학과 관련이 있는 직업으로 평생을 살았다. 내가 대학에 다닐 때에는 그 일이 꼭 하고 싶다는 열망이 없었다. 있었다 하더라도 희미했다. 나 자신은 최선을 다했다고 스스로 생각하지만, 주위의 사람들이 보았을 때에는 반드시 그렇지만은 않았을 것이리라. 세월이 흐르면서 일종의 사명감이 생겼으며, 보람을 느낀 것은 한참 더 지난 후의 일이었다.

　　누군가 말한다.

　　'주어진 일에 최선을 다하는 것이 앞으로 다가올 시간을 가장 훌륭하게 준비하는 것이다.'

　　'주어진 일에 최선을 다하는 것'이 모두가 건너야 하는 '징검다리'에서 가져야 할 태도이다.

　　나는 지금, 문학회라는 모임의 '징검다리'를 건너는 중이다.

탈을 쓴다

　M, 천천히 앞으로 나가 몸통을 숙인다. 수건 두 개를 동그랗게 말아 자켓의 등속에 집어넣는다. 더욱 구부정한 모습이 되어 우리를 정면으로 바라본다. 오른쪽 귀 위에서 비스듬히 쓸어내려 왼쪽 턱 밑으로 왼손이 빠진다. 동작 하나하나는 품바 춤의 리듬을 탄다. 숙였던 고개를 서서히 들어 우리를 향한다. 눈 주위, 코, 입 모두가 왼쪽으로 기울어 찌그러졌다. 모두는 깜짝 놀란다. 마치 얼굴 위를 커다란 빙하가 왼쪽으로 훑어내린 듯하다. 눈동자, 몸통까지도 왼쪽으로 기울어져 있어 기우뚱하다. 기형이다.

　우리들이 놀라는 사이, 이번에는 오른손을 왼쪽 머리에 올린다. 고개를 숙인다. 오른손은 왼눈 위를 지나 코를 쓸어내리고 입 오른쪽으로 빠져나간다. 고개를 천천히 든다. 이번에는 눈 주위, 코, 입 모두가 오른쪽으로 찌부러져 있다. 할로윈 마스크다. 우리는 한 번 더 놀란다. 누구는 탄성을 지른다. 그 모습으로 곱추춤을 춘다. 괴상한 사람의 모습이다.

　M은 느릿느릿 자신의 등을 보인다. 꼼지락 꼼지락거린다. 갑자기

김후곤 수필집

몸통을 홱 돌려 우리를 향한다. 반으로 꺾이어진 성냥개비가 그의 두 눈을 크게 벌리고 있다. 벌어진 눈, 검은자는 보이지 않고 흰자위만 허옇게 무채색이다. 입 가장자리에는 각각 성냥개비 하나씩 끼워져 있어, 입 주위는 일그러지고 무언가를 부르짖고 있다. 도깨비 형상이다. 그는 여전히 품바 리듬을 탄다.

M은 얼굴을 바꾸었고 그때마다 달라진 그의 모습에 우리는 놀란다.

양반과 선비, 허풍과 여유를 묘하게 뒤섞어 말을 주고받는다.

"나, 사대부 자손인데."

"뭣이 사대부? 나는 팔대부 집안이여. 거기에다 사서삼경을 다 외우고 있다네."

"사서삼경이라. 젖 냄새 나는구먼. 나, 사서 육경까지 섭렵한 사람이라구. 허엄!"

"어험. 육경 속에는 봉사 안경, 머슴 새경, 팔만대장경… 이 정도는 나도 알고 있으렸다."

"그건 그렇구. 이 소불알은 저 백정 놈이 나에게 팔려구 가지고 온 것이라네."

"아니지. 이 소불알, 벌써 흥정을 끝냈다는 것을 모르는고?"

"좋네. 그럼 저 과부는 내가 먼저지. 더 이상 말하지 않으렸다!"

"어허, 그럼 우리는 삼각관계구먼."

이를 보고 듣던 할미가 혀를 차며 꾸짖는다.

"이런 떨거지들 처음 봤다아~. 썩 꺼지거라~."

하회별신굿에서 양반과 선비는 자신들의 신분과 학식이 엉터리임을 스스로 말한다. 성에 대한 욕구와 집착을 보여준다. 엄격한 신분사회에서 애환을 표출하는 데 탈이라는 가면을 썼다. 탈속에서나 가능한 일이다.

양반탈과 선비탈, 대갓집 사랑에 올라가 주인과 맞담배질한다. 양반들에게 높임말을 쓰지 않으며 막말을 해도 상관없다. 탈을 쓴 이상 그 탈의 신분으로 인정된다.

하지만 별신굿이 끝나면 다시 엄격한 계급사회로 돌아간다.

모처럼 시내에 나갈 준비를 한다.

칫솔질하고, 치아를 확인한다. 말끔하게 면도하고 꼼꼼하게 얼굴을 씻는다. 방으로 들어와 얼굴을 크리닝한다. 헤어크림으로 손질해 머리는 검게 반짝인다. 하얀 와이셔츠에 환한 넥타이를 찬다. 정장 차림이다. 현관으로 나가 반짝이는 구두를 신는다. 앞에 있는 커다란 거울에 전신을 비춰본다. 손가락으로 가볍게 머리를 매만지고 양쪽 눈썹을 살살 도닥거린다. 사진을 찍는다는 듯 머리를 이쪽저쪽으로 돌려본다.

이제 마지막이다. 얼굴 가득 환한 미소를 짓는다. 선비의 웃음이다.

김후곤 수필집

사라진 글자

지난 8월, 전북 새만금 일원에서 세계 스카우트 잼버리 대회가 있었다. 개최된 지 3일 만에 북상하는 태풍, 기반시설의 부실 등의 이유를 들어 퇴영했다. 드넓은 잼버리 대회 장소는 아직도 뻘이 남아있고, 질척거리는 곳이었다. 미디어로 이런 사진과 동영상을 보면서, 내가 1990년대 초에 참석했던 오스트리아 세계 잼버리 스카우트 대회장이 저절로 떠올랐다. 그곳도 산 하나 보이지 않는 평원에, 아름드리 미루나무가 사방에 산재해 있고 바닥 역시 습지여 풀이 무릎 위까지 자라 무성했다. 그곳에서 작은 삽으로 텐트 주위에 물길을 내면서도 여러 나라의 대원들과 함께 즐긴 대회였다.

유튜브에서 '훈민정음의 놀라운 비밀'이라는 강좌를 들었다. 강사는 한글의 우수성을, '세종대왕상'을 소개하고, 우리들의 외국어, 특히 영어의 한국어 표기가 제대로 갖추어져 있지 않아 영어로 말하는 데 어려움을 겪는다며 예를 들었다.

Passion의 한국어 표기는 [패션]이고, Fashion도 [패션]이라며, 한국인이 말하는 '패션'을 외국인이 듣고, '열정'인지 '옷차림'인지 구별되지 않아 어리둥절하며 곤혹스러워한단다, 나는 이때 또 오스트리아 잼버리 대회장이 보이는 듯했고, 영국에서 온 초등학생과의 대화가 생각났다. 그가 나의 이름을 물었고, 나도 그의 이름을 물었다, '플로렌스'란다. 내가 "아, 플로렌스." 하니 그가 말했다. "아니요. 플로렌스." "그래, 플로렌스." 그가 고개를 흔들며 내 손바닥을 끌어 펴고 그 위에 글자 한 자 한 자 써주었다. 'Florence'라고. 나는 머리를 크게 주억거리며 "오우. 플로렌스!" 그는 내 얼굴을 잠시 들여다보듯 하더니 되돌아가며 두 손바닥을 위로 하고 어깨를 슬쩍 들썩이며 하늘을 쳐다본다. 마치 '하느님, 나 어떡해요?'라고 하는 것 같았다. 나는 왜 그가 돌아서 가며 그런 몸짓을 하는지 몰랐다. 잼버리 대회를 마치고, 달력의 그림 같은 스위스 경치를 훑어보면서, 아우토반을 속도 제한 없이 달리는 생각을 하다 한국에 돌아왔다.

한 세월이 흐른 후에야 영국의 그 학생이 왜 돌아섰는지 어렴풋이 알게 되었다. 학생의 이름은 'Florence'였는데, 'Plorence'로, 그러니까 F를 자꾸 P로 읽는 나를 보고 답답해했을 것이다.

나는 중학교에 들어가며 영어 공부를 열심히 해, '양코배기'랑 말을 나누고, 외국에 나가 영어로 그 나라 사람들과 웃으며 이야기를 나누는 꿈을 꾸었다. 그러나 형편없는(?) 선생을 만나 문법과 서투른 발음, 악센트 위치가 있는 곳을 집중적으로 공부했다. 외국인을 만나면 말 한마디 꺼내지 못하는, 눈으로 익히고 머리에만 입력된 영어 공부였다.

P와 F, 나는 이 두 글자를 [ㅍ]으로 표기하고 발음하도록 배웠고 이 둘을 구별하지 못하고 있었다. 1970년대 말에 'Kung Fu Fighting'이란 팝송이 있었는데, '쿵후 화이팅' 또는 '쿵푸 파이팅'이라 소개하고 있었고 지금까지도 그렇게 읽고 부르고 있다. 그때 나는 F를 'ㅍ' 이나 'ㅎ'로 읽으면 되는구나 생각하다, 그럼 'ㅎ'로 읽으면 H의 발음과도 비슷한가? 잠깐 생각한 적도 있었다.

유튜브 강사는 F의 음가는 [퓽]이며, Fashion은 [퓽ㅐ션]이라 쓰며 읽었는데 그 발음이 그럴듯했다. Big은 [빅], Victory는 [뷩ㅣㄱ토리]라고 표기해야 하며, Love는 [러브]로, Ruve는 [ᄙㅓ브]로 써야 한다면서 사라진 글자를 사용하고 있었다.

나는 이 글을 쓰면서 Florence는 [퓽로렌스], 'Kung Fu Fighting'을 [쿵퓽ㅜ 퓽ㅏ이팅]이라 써놓고 혼자 좋아했는데, [퓽]은 사라졌고 컴퓨터 자판에도 보이지 않아 이 낱자를 이용한 글자의 조합이 되지 않았다.

《훈민정음》 서문에서 정인지는 '지혜로운 사람은 아침나절이 되기 전에 이를 이해하고, 어리석은 사람도 열흘이면 배울 수 있게 된다. 어디를 가더라도 통하지 않는 곳이 없어서, 바람 소리와 학의 울음이라든지, 닭 울음소리나 개 짖는 소리까지도 모두 표현해 쓸 수 있게 되었다.'라고 썼다. 어느 외국 학자는 하루아침에 배울 수 있을 만큼 쉬워 'Morning Letter'라고 소리쳤단다.

지난 12월 10일, 프랑스 프로축구단 파리 생제르맹(PSG) 선수들은 한글 유니폼을 입었고, 그라운드를 빙 둘러싼 광고판에는 '안녕! 파리 바께즈'라는 한글 문구가 떴다. 런던의 음식점, 뉴욕의 식당에서는 한글로 표기했을 때 오히려 매출이 늘어난다는 이야기도 있다. 지구 곳곳에서 자발적으로 한글을 배우려는 사람들이 늘어나고 있으며, 다섯 번째로 인기가 많은 외국어란다. 보고 듣기에 기분이 좋다.

세계에서 가장 뛰어난 문자로 평가받는 한글, 후손들은 글자 몇 개를 사용하지 않더니 슬며시 사라지게 했다. 사라진 글자들의 필요성을 알아채지 못한 무지함일 수도 있다. 사라진 글자에 대한 아쉬움을 이야기하는 한글 학자도 보이지 않는다. 사라진 글자를 되살린다면 영어, 한자, 기타 외국어의 표기가 훨씬 쉬워지고 말하기도 능숙해질 거란 생각이다.

사라진 글자들을 되살리고 지구촌 곳곳에서 우리 말을 주고받을 수 있다면 얼마나 좋겠는가.

사라진 글자

ㆆ(여린 ㅎ): ㅇ보다는 되고, ㅎ보다는 여린 소리
ㆁ(옛 ㅇ): 어금닛소리. '웅이'에서 '웅'으로 발음되는 것
ㅿ(반치음): ㅅ과 ㅈ의 중간 음, 영어의 Z와 비슷한 발음
·(아래 아): ㅏ와 ㅗ의 중간 음
ㅸ(순경음 ㅂ): ㅂ보다 가벼운 소리로 입술이 잠깐 합해지고 후음이 길어진다.
ㆄ(순경음 ㅍ): ㅍ보다 가벼운 소리로 입술이 잠깐 합해지고 후음이 길어진다.
ㄴ(쌍니은), ㆀ(쌍이응), ㆅ(쌍히읗)

김후곤 수필집

100년

나는 1949년 봄에 태어났다. '소띠'라 주위에서는 평생 일할 복이 있을 거라고 덕담처럼 말들 했다고 나중에 들었다. 태어나 자라고 생활하면서 이제까지, 주위 사람들과 그럭저럭 어울리며 살아가는 나 자신의 모습을 거울에 비추어 보며 중얼거리기도 했다.

"그래, 이만하면 잘 견디고 있는 거지?"

기억나지 않는 6·25전쟁의 총소리를 억지로 들으려 했고, 배고팠던 국민학교 시절을 회상하면서, 그 시절에 비하면 지금은 살아도 정말 잘 산다는 생각이 들었다. 그러다 내가 태어나기 100년 전에는 어떤 사람들이 무슨 일 하며 살았을까 하고 궁금해했다. 이런 궁금함은 가끔 들지만 꽤 오래됐다. 그러니까 1849년, '그 세상에는 누가 살았고, 어떤 일이 있었을까?' 책을 읽으면서 한 꼭지, 한 꼭지 모아놓았다.

도스토옙스키는 1847년, 자유주의적 개량가, 공상적 사회주의자, 사회주의자 및 혁명가로 자처하는 무리의 비밀 서클 회원이 되었다. 정치적 신념이나 활동에 대해 정확한 것은 알려지지 않았지만, 1849

년 그는 체포되어 사형선고를 받았다. 총살 분대가 사형집행에 들어가기 직전, 황제의 명으로 사형집행은 취소되고, 그 대신 시베리아에서 4년의 중노동과 6년의 졸병 근무로 대체되었다. 일단 감옥에 들어가자 그는 아무 불평 없이 형무소 생활을 감수하면서 새로운 인간으로 태어나 출옥하기만을 기다렸다. 감옥에서 유일하게 허락된 책은 성서였고, 신약성서에 묘사된 그리스도를 개인적으로 지극히 사랑하게 되었다. 요새 같은 감옥에 갇혀 재판과 선고를 기다리며 몇 작품을 쓰기도 했다.

칠레인들은 장화 한 켤레와 단도 하나, 램프 하나와 삽 한 자루를 가지고 왔다. 바닷가에 닻이 내리자마자 사람들은 순식간에 산속으로 흩어졌다. 이들뿐이 아니었다. 백인들 또한 일확천금의 꿈을 안고 황금을 캐기 위해, 캘리포니아의 광산으로 몰려들었다. 이곳은 인디언에게서 빼앗고, 정부를 상대로 받아내고, 정착민을 속여 차지한 땅이었다. 또 '랜드 런(land run)', 서쪽으로 가서 깃발을 먼저 꽂는 사람의 땅이기도 했다. 이들을 '포티 나이너(forty-niner)'라 불렀다. 1849년부터 엄청난 금을 캐어냈고 많은 사람이 부자가 되었다. 모두가 부자가 된 것은 아니다. 대부분 가혹한 노동 조건과 굶주림에 시달렸으며 사고와 질병, 인디언들에 의해 죽어갔다. 그들은 자신들이 캐낸 황금이 뉴욕과 샌프란시스코 자본가들의 배만 불리고 있다는 것을 나중에야 알게 되었다. 그때 '포티 나이너' 들은 '나의 사랑 클레멘타인(My Darling Clementine)'이라는 자조적인 노랫가락을 불렀다.

김후곤 수필집

프랭크 조셉은 이쿠나치우스를 연구하다 그의 삶의 궤적을 알게 되었다. 그리고 '평행이론'이라는 학설을 발표했다.

이쿠나치우스는 1831년 11월 13일에 출생했고, 조셉은 그로부터 정확히 100년 뒤인 1931년 11월 13일에 출생했다. 이쿠나치우스의 직업은 고고학자였으며 조셉의 직업도 고고학자였다. 두 사람의 관심 분야는 아틀란티스로, 100년 뒤 세상에 온 사람과 백 년 전에 살았던 사람, 둘은 관심 분야까지 같았다.

	이쿠나치우스	프랭크 조셉
출생	1831년 11월 13일	1931년 11월 13일
직업	고고학자	고고학자
관심 분야	아틀란티스	아틀란티스
주소	필라델피아 108번가	일리노이 108번가
생일 선물	57번째 생일 - 만년필	57번째 생일 - 만년필
사망	1901년 1월 1일 심장발작	2001년 1월 1일 심장발작

프랭크 조셉도 정확하게 100년 후인 2001년 1월 1일에 심장발작을 일으켰다. 이쿠나치우스가 심장발작으로 사망한 것을 알고 있었다. 평행이론을 믿었고 준비해 놓은 심장약을 얼른 삼켜 살 수 있었다.

이처럼 '평행이론(Parallel Life)'은 일정한 시차를 두고 다른 시대를 살아가는 각기 다른 두 사람이 같은 주기로 같은 운명을 반복하면서 살아가는 것을 말한다.

내가 태어나기 100년 전의 사람들에게 관심을 보인 것은, 혹 나와 삶의 궤적이 같았던 사람을 찾고자 하는 무의식의 발로였을까. 그런 가? 지금의 나는 평범한 사람이니 100년 전의 그도 평범한 삶을 살았을 것이다. 그런대로 괜찮군, 하며 안도한다. 그런데 100년 후의, 누군 가가 내 삶을 반복한다면?

서산대사의 시가 있다.

　　踏雪野中去

　　不須胡亂行

　　今日我行跡

　　遂作後人程

　　눈 내린 들판을 걸어갈 때

　　함부로 어지러이 발걸음을 내딛지 말라

　　오늘 내가 남긴 발자국이

　　뒤에 오는 사람의 길이 되리니

내 삶의 궤적을 그대로 따르는 사람이 있다! 하고 생각하니 몸가짐이 추스려진다. 하루하루를 그냥그냥 살아가서는 안 되리라는 생각이다. 그에게도 나에게도 좋은 삶을 남겨주어야 하지 않겠는가. 나의 '行蹟'을 그가 따른다.

다시 만나다

　　어느 날 오후, 퇴계로 5가에서 강은 동창 팽을 만났다. 졸업 후 7년 만이었다. 강은 이 녀석을 만나도 좋고 만나지 않았더라도 크게 아쉬워하지 않았다. 서로 크게 반가워하는 척하면서 악수를 나누고 할 말이 뚝 끊어질 판이었다. 그냥 헤어져도 강은 섭섭해하지 않았다. 팽이 꼭 그런 것은 아니듯이 심드렁한 말투를 던진다. 술 한잔하잔다. 강은 해도 그만 안 해도 그만이었다. 드럼통에서 굽는 안주로 술을 주고받았다. 처음에는 술잔처럼 대화도 주고받았다. 시간이 지나면서 팽은 달변으로 변했다. 자신의 꿈은 벌써 이루어진 것처럼 장황했고, 신입 직장인으로서 벌써 취미생활도 탄탄했다. 낚시였다. 어지간히 마셔댔으니 이제 자리를 일어나야 할 때가 됐다.

　　"어, 지갑을 놓고 왔네."

　　재킷 안주머니와 엉덩이 주머니 쪽을 뒤적거리던 팽이, 지갑을 꺼내는 강과 그 지갑을 슬쩍 쳐다보며 말했다.

　　둘이는 가까운 친구처럼 어깨동무하고 거리를 쏘다니기라도 할 듯한 모양새로 버스 정거장 쪽으로 갔다. 팽이 강을 똑바로 세우더니 자신의 왼쪽 가슴을 툭툭 치면서 2차를 가잔다. 말이 천연덕스러웠다.

"아차, 지갑 없지! 이왕, 니가 2차까지 내라!"

둘은 서로에게 손가락질하면서 자신의 이야기를 들어달라고 우길 정도로 크게 취했다. 그렇게 만나고 헤어졌다.

흐르는 세월 속에.

서넛의 대통령이 감옥에 들어갔다 나오고, 한 대통령은 총에 맞아 죽었고, 높은 절벽 아래에서 죽음을 맞이했다. 국민들은 충격으로 이들을 맞이했고 보냈다. 커다란 다리가 무너져 출근길의 직장인과 등굣길의 꽃다운 학생들이 한강에 떨어져 죽었고, 백화점이 무너져, 어떤 젊은이는 그야말로 구사일생으로 살아남았다.

서울과 인천 사이에 거대한 아파트 단지, 그야말로 서울과 인천을 아파트 단지로 이어놓은 '상전아파트'가 되었으며. 지구촌은 온통 화염에 휩싸여 한반도의 몇 배가 까만 재로 변했다는 둥, 물 폭탄으로 집과 사람이, 자동차가 흙탕물에 둥둥 떠내려가기도 하고.

40년의 세월은 물과 함께 흐르고, 강은 친구와 함께 낚시터를 찾았다. 낚시터 주인은 팽이었다. 저수지 한가운데 방갈로로 배를 저었다. 강이 말한다.

"얼마입니까?"

"두 분이니까, 5만 원."

지폐를 꺼내는 강의 앞에서 팽이 은밀하게 눈동자를 굴린다. 낮고 끈적거리는 목소리다.

"2차, 술과 안주, 에~ 도우미. 20만 원이지요."

강은 지폐 5장을 꺼내 팽에게 건네준다.

강과 팽, 둘은 상대를 전혀 알아보지 못한다.

어떤 변신

11월 18일(토)

오후, 천둥과 번개가 몇 개씩 들어있는 배추와 무를 뽑는다. 아파트 베란다에 부려놓으니 그들먹하다. 누구에게나 웃으면서 자랑하고 싶은 마음이 든다. '이렇게 보기 좋은 배추와 무를 본 적 있어?'

11월 19일(일)

09:00 배추를 거꾸로 세워 반으로 갈라 벌린다. 노르스름한 고갱이와 푸르른 겉잎의 색깔은 평생 익혀온 식습관을 자극하여 입안에 침이 고이는 듯하다. 다라이 속에 반으로 쪼갠 배추를 차곡차곡 쟁이고 켜켜이 왕소금을 뿌린다. 혼자서 들기 버거운 다라이 두 개에 소금을 뿌린 배추가 노란 속을 보이며 높이 쌓인다. 그 위를 소쿠리로 덮는다. 날배추에 소금을 뿌리는 행위는 무엇인가.

강판에 무를 밀어대 채를 얻고, 알싸하고 향긋하며 달큰한 맛의 양념에 약방의 감초격인 다진 생강, 고춧가루와 젓갈을 넣어 뒤섞은 김칫소가 다라이 두 개에 그득하다. 이들은 배추와의 만남을 기다린다.

점심에 나온 뭇국이 입에 착 달라붙는다. 아내가 말한다.

"조금만 끓여도 무가 푹 익고, 국물도 맛있어."

어제 밭에서 뽑아온 무를 두고 한 말이다.

18:00 절여지고 있던 배추, 위아래를 바꾸어 놓는다. 다라이 밑에 있던 소금물을 그 위에 조심스럽게 살살 붓는다. 배추들은 이미 풀죽은 모양새다. 소금은 삼투압 현상으로 배추가 품고 있던 물을 풀어놓게 한다. 밭에 서 있던 배추가 아닌 다른 모습을 보인다. 배추는 자신이 어떻게 무엇으로 변할지 안타까워하지 않고 묵묵히 기다릴 뿐이다. 거기에 배추가 골고루 잘 절여지기를 바라는 내 마음이다. 이 마음은 뜬금없이 고향으로 이어진다. 수건을 둘러쓴 어머니와 동네 아낙들이, 말끔히 씻은 장독 중두리 바탱이 항아리가, 처마 밑, 광 속, 부엌과 부뚜막이 떠오른다. 아련하다.

11월 20일(월)

05:00 부스럭거리는 소리가 베란다에서 들린다. 환한 불빛 아래, 아내는 한 번 더 배추의 위아래를 뒤집는다. 이 신새벽에! 아내의 수고로움과 부지런함에 일순 마음이 따뜻해진다. 배추가 풀어낸 물로 다라이 안은 자박자박하다. 배추는 숨을 멈추고 이윽고 숨이 죽는다. 이제 배추는 크게 변신할 때가 오고 있다.

우리는 주위에서 변신을 보게 된다. 꿈틀거리며 기어다니던 애벌레에 날개가 생기고 팔랑거리며 날아다니는 나비. 7년 동안 굼벵이로 꾸물거리다 날개를 달고 목청껏 사랑의 노래를 부르는 매미. 알이 올챙이로 변하고 이윽고 네 발로 폴짝폴짝 뛰어다니는 개구리는 또 어떠한가. 이 세상은 온통 변신한 것들로 채워져 있다.

12:30 다라이에 수도를 틀어놓고 흐물흐물해진 배추를 가볍게 헹구고, 이파리는 양손으로 지그시 힘을 주어 물기를 짜낸 다음 소쿠리에 거꾸로 세워놓는다. 배추와 함께하던 물을 흘러내려 가게 한다.

수분이 빠져나가면서 양념이 스며들어 갈 공간이 생긴다. 배추들의 대화가 들리는 듯하다.

"아, 짰어! 수분이 다 빠져나갔어."

"나, 숨 죽은 거지? 앞으로 우리는 어떻게 되는 거야?"

"애벌레가 나비 되는 거, 보았잖아."

"그게 뭔데?"

"우리 모두 전혀 다른 모습으로 변신할 준비를 하고 있는 거야."

14:30 김치냉장고에 넣을 플라스틱 김치통을 옆에 늘어놓고, 김칫소가 담긴 다라이, 물기가 빠진 배추가 소쿠리에 그득하다.

김칫소를 배춧잎 한 장 한 장 들쳐가며 속속들이 싹싹 문지르고, 고갱이 근처에는 세심하게 양념을 더 집어넣어 왼손에 올려놓고 오른손으로 쓰다듬은 후, 퍼런 겉잎을 펴서 돌돌 감아 김치통에 차곡차곡, 꾹꾹 눌러 담는다. 빈틈없이 엇갈려 넣는다.

16:00 김치통을 김치냉장고에 넣는다. 배추는 시간을 인고하며 장자의 나비가 되어 푸른 창공을 나는 꿈을 꾸고 있는지도 모른다. 그 주위는 적막으로 고요하다.

겨울은 봄이 되고, 나무는 책이 된다. 그리고 아이는 어른이 된다. 변신은 자기도 모르는 사이에 이루어지며 이런 것들은 매번 눈에 보이는 건 아니다.

녀석

아침마다 어김없이 일간지를 뒤적거린다. 인터넷으로 구독하는 것이니 뒤적거린다기보다는 마우스를 클릭한다라고도 할 수 있다. 제목을 훑어보다, 내 관심과 맞아떨어지면 그제야 그 기사의 내용을 확인한다.

무덥던 여름의 기운이 한풀 꺾인 지난 8월, 어느 중앙 일간지의 '환자에게 금주 안 권하는 명의'라는 제목이 내 눈을 끌어당기고 있었다. 한 번, 또 한 번을 읽었다. 다음은 그 글의 일부이다.

"일해도 될까요?"(환자)

"적극적으로 하세요. 하던 일상을 깨지 마세요."(의사)

"술은 어떻게 할까요."(환자)

"얼마나 드세요?"(의사)

"일주일에 3번, 소주 2병씩 먹습니다."(환자)

"그럼 일주일에 3번, 1병만 드세요."(의사)

전립선암 환자에게 주치의가 금주 아닌 절주를 얘기하자 옆에 있던 환자 부인이 펄쩍 뛴다. 의사는 이렇게 덧붙인다.

"술이 몸에 좋지 않지만 술보다 더 나쁜 게 스트레스입니다. 이분이 술을 좋아하면 그걸 반으로 줄여서라도 덜 스트레스 받게 하는 게 면역력을 올려 암 예방에도 좋습니다."

이형래(61) 강동경희대병원 비뇨의학과 교수가 실제 환자와 주고받은 대화다. 이 교수 말을 잇는다.

"나는 술을 즐긴다. 의사마다 술에 대한 견해가 다르고, 알코올은 세계보건기구에서 정한 1급 발암물질이다. 그렇지만 환자가 담배도, 술도, 일도 못 하면 도망갈 구멍이 없다. 이게 스트레스로 작용하게 된다면 나쁜 결과로 나타날 수 있다."

이 기사의 댓글은 참으로 대단했다. 술에 대한 부정적인 생각과 긍정적인 말이 풍성하게 쏟아져 있었다.

'만병의 원인은 술이다' '평생 술을 마셔 모든 장기가 상한 후 돌아가셨다' '아픈 몸에 술을 마셔도 된다는 의사??? no!' '술은 악마의 음식이에요' 들은 술과 함께 의사를 비난했고, '심장병 명의도 술은 좋은 것이라고 합디다' '그렇지, 즐겁게 마시자고요' '허구한 날 건강식품을 팔아먹는 사기꾼들이 많지' '정말 명의다. 돌파리 의사들 때문에 쌓이는 스트레스 때문에 사는 재미가 없다' '술 마시면 바로 죽는 것처럼 호들갑 떠는 건 오직 한국 뿐이다' 에서는 술을 노래하고 이 의사를

김후곤 수필집

명의라고 추켜세우고 있었다.

나는 술을 가까이 하는 편이라, 기사를 읽으며 피식대고 있었다. 이 의사의 처방(?)에 내 머릿속 깊은 곳에 술 마시는 행위를 자극하는 것이 있다면, 그것이 두 눈을 반짝이는 것 같았다. 두 병을 한 병만 마시라는 의사의 말은 그럴듯하다. 그러나 이 환자는 한 병만 마시게 될까? 그렇지 않다. 술은 일단 마시게 되면 자신의 평소 주량을 마셔야만, '이젠 됐어' 하고 뇌가 중얼거리는 소리를 듣게 되고, 술자리에서 흔쾌히 일어서게 된다. 술 두 병을 마시던 사람이 한 병으로 줄인다는 것은 거의 불가능한 일이다. 그래서 술은 중독이고 마성이며 '패가망신'이라고 많은 사람이 경계하는 까닭이다.

투명한 병 속에 들어있는 녀석은 참으로 얌전하다. 신방에 들어앉아있는 색시가 눈을 살포시 내리뜨고 있는 듯, 꾸어다 놓은 보릿자루가 된 듯 조용하다. 거기에 흔들림도 없으며 자신을 드러내지 않고 누구에게 나를 보아달라고도 하지 않는다. 태초의 적막(寂寞), 태풍의 눈에서 볼 수 있는 고요함에 비견된다.

픽 또는 빵 소리로 뚜껑을 딴다. 녀석의 향이 슬쩍 흘러나오고, 변하지 않는 청춘의 향취에 서로의 잔을 들이밀고 돌돌거리는 소리로 잔을 채운다. 서로 조금은 의미심장한 눈짓을 주고받으며 점잖게 목넘김을 한다. 어디선가, 누군가 '캬아~' 소리를 내는 듯도 하다. 그 향취에 못 이겨 조심스럽게 한두 잔을 주거니 받거니 하며 마시기 시작한다. 몇 잔이 오간 술은 위 속에 안착하고, 여기에 또 몇 잔이 합류한다. 이때 나는 점잖아진다. 얼굴 가득 미소를 띠고 머리는 반듯하며 상대를 향한 말에는 덕담이 가득하다.

한 병의 술이 바닥을 보이면 주저하지 않고 한 병을 더 부른다. 이렇게 부른 술은 위(胃) 속으로 들어가, 앞서 들어와 웅성거리는 동료를 만나 서로 몸을 섞으며 환성을 지른다. 위에서 지른 환성은 온몸으로 퍼져나가, 손끝과 발끝이 따뜻해지며 얼굴은 홍조를 띤다. 머리 구석구석으로 들어간 이 기운은 뇌가 지금까지 경험해 보지 못한 자극으로 들끓는다. 뇌의 들끓음으로 나는 흥분하기 시작한다. 실실 웃거나 보잘것없는 자신을 황소개구리처럼 부풀리거나, 앞에 앉아있는 사람을 추락하는 것은 생각하지 않고, 수소가스를 마구 불어 넣어 붕붕 높이 높이 날게 한다. 술자리는 열정과 소란이, 격렬함이 함께하고 인지상정의 경계를 넘나든다. 술이 벌이는 한바탕의 놀이에 나도 거리낌 없이 동참한다.

한 병 더! 그때부터 나는 술의 마성에 따른다. 병 속에서 점잖던 술이 나를 마음대로 갖고 놀며 조정한다. 사는 방법이 왜 나와 다르냐고, 인간성을 갖추고 살라 하며 내 주장을 끝까지 관철하려 한다. 도덕성은 무너지고 인성까지 황폐해진다. 이는 모두 술이 시키는 짓이다, 라며 술에 대한 나의 태도를 변명하곤 한다.

병 속에서는 얌전한 술, 녀석은 일단 몸속으로 들어가면 온갖 해괴한 짓을 한다. 그 누구도 예측하지 못한다. 그저 조심조심하며 녀석을 바라보아야 한다.

김후곤 수필집

취향

3월부터 11월 말까지, 매일 아침 눈을 뜨자마자 텃밭으로 향한다. 자동차로 10분 거리에 있다. 새마을중앙연수원 옆, 자동차 세 대 정도 주차할 수 있는 공터. 시동을 끄고 차 밖으로 나온 순간 적요함에 나는 멍해진다. 느닷없이 꾸꿍 꾸꿍 하는 소리가 고요 속을 파고든다. 멀리서 구구꾹 구구꾹 소리는 밀려들고. 이따금 까악 까악 소리로 장단을 맞추어 함께 아침을 연다.

상쾌한 바람이 몸을 감싼다. 머릿속이 소리친다.

"야이! 이 시원!"

뇌가 출렁거린다. 가슴은 덩달아 부풀어 오른다. 입으로는.

"차암~ 좋다! 좋구나!"

낮은 소리로 흥얼거린다. '희망의 나라로~' 한 번 더. 다른 노래 한두 소절이 이어진다. '손에 손 잡고 벽을 넘어서~ 서로서로 사랑하는 한마음 되자아~'

여럿이 함께한 자리. 나의 아침을 슬쩍슬쩍 던진다. 작물이 쑥쑥 자라는 모습을 보는 아침이 경이롭다. 상추 시금치 쑥갓 열무 얼갈이는 초봄에 심고, 이어 고추 가지 토마토는 모종으로. 오이는 노각을 심는다고.

저쪽에 비스듬히 앉아있는 친구 B의 말이 비뚜름히 날아든다.

"힘들지 않니?"

"힘? 전혀."

"씨앗? 모종?"

"사지. 돈 좀 들어."

"야! 왜 그래. 그냥 사 먹어!"

내가 '키우는 재미'라고 대꾸하면 이 친구는 '모란장에 가봐. 천원에 오이 세 개!'라며 속사포 쏘듯 그리고 장황하게 자신의 경험을 말하겠지. '취향이 다르군'이란 말을 입속에서 한 바퀴 굴리고 목구멍으로 꿀꺽 삼킨다.

H가 B의 말 속으로 풍덩 뛰어들며 모두 들으란 듯 말한다.

"너, 알지? 흙 속에 병균이 우글거린다는 거. 내 고향에서 노인네가 이삼일 만에 갑자기 죽었는데 원인을 찾지 못했다는 거야."

누군가가 궁금한 모양이다.

"요즘에도 사망 원인을 찾지 못하나?"

"나중에 역학 조사로 찾아낸 모양인데. 그게 맹랑한 거라. 흙에서 옮아온 병균이 몸속으로 침투한 거래."

풋마름병이 어쩌구, 탄저병은 저쩌구 하면서 계속 풍덩거린다. 그래서 아침마다 흙을 만지면 매우 위험하다는 얘기다. 나는 일단 수긍

김후곤 수필집

하는 모양새다.

"그런가?"

확인할 수 없는, 근거가 아주 희박한 말이라고 나는 생각한다. 애매한 표정이 되어, 안주 가득한 입 모양으로 우물거린다.

'모르는군. 내 취향을.'

- 취향【趣向 taste】하고 싶은 마음이 쏠리는 방향 또는 그런 성향
- 취향저격: ①어떤 사람이나 물건이 자신의 취향에 꼭 맞춘 것처럼 매우 마음에 든다는 뜻으로 쓰는 말
  ②외부의 간섭을 받지 않고 자신의 삶의 주체성을 드러내는 행위

친구 B와 H는 삶을 기능으로 본 것이리라.

채소를 재배하는 것보다는 돈을 지불해서 간편하게, 빠르고 쉽게 구하는 기능면에 익숙해져 있다. 밭을 일구고, 씨를 뿌리고, 물을 주고, 벌레를 잡는, 특히 아침마다 밭에 가는 것을 번거로운 일로 생각하는 것이 틀림없다.

나는 줄지어 끊임없이 이동하는 개미들을 한참 들여다본다.

폭염 속에서 그악스럽게 울어대는 매미가 벗어놓은, 나무를 그러

안고 있는 등 터진 껍질에서 생의 기적을 본다.

"등이 터질 때 아프지 않았겠지?"

땅속에 살며 비 오는 날, 숨 쉬려고 밖으로 나와 기어다니다 끈적거림으로 비틀거리는 지렁이를 보며 한마디 한다.

"왜, 나와서."

삶을 취향의 문제로 보게 되면 타인의 취향도 존중하게 된다.

김후곤 수필집

흔들리는 높임말

초등학교 저학년 국어 시간, 띄어쓰기와 높임말을 가르치던 때가 생각난다. 아이들은 매년 달라지므로, 수십 년 동안 똑같은 예문을 들어 설명했다.

'아버지가 방에 들어가신다'라고 칠판에 써 놓고, 다 같이 큰 소리로 읽어본다. 나는 바로 밑에 띄어쓰기를 다르게 한 문장을 쓴다. '아버지 가방에 들어가신다'를 함께 읽는다. 뒤쪽에서 한 아이가 킥킥거린다.

"우리 아버지는 장롱에 들어갔어요."

"야, 왜?"

"엄마한테 혼나고. 엄마는 열쇠로 문을 잠갔어요."

아이들은 책상을 치고 발을 구르며 소리소리 질렀다.

높임말은 산골 이야기를 해주어야 한다. 산속에서 거리낌 없이 살다 갓 시집온 색시는 시아버지에게 친구처럼 말을 건넸다. 시아버지는 며칠 동안 높임말을 애써 가르쳤다. 어느 날, 밭에서 돌아온 시아버지에게 색시가 말했다.

"아버지 대갈통님에 검불님이 붙으셨슈우."

도서관 사서들은 참 친절하다.

청구기호를 들고 서가 이곳저곳을 헤매도 내가 찾고 있는 책이 얼른 보이지 않는다. 사서에게 책을 찾아달라고 청구기호를 보여준다. 그녀는 곧장 가서 내가 원하는 책을 뽑아준다. 이렇게 쉽게 찾을 수 있는 것을 나는 왜 찾지 못했지, 하며 청구기호를 다시 들여다본다. 내 눈에는 청구기호 중 'ㅊ'이 'ㅈ'으로 보였다. 사서가 책을 나에게 건네며 말한다.

"어르신, 마스크가 내려가셨습니다."

나는 마스크를 턱에 걸치고 있었다. '어르신'이란 호칭에 가슴을 조금 펴고, '마스크가 내려가셨습니다'에는 어떤 기시감이 들었다. '밥, 들어가십니다'라고 말하던 음식점이 생각나고, 이런저런 물건을 골라 매대에 올려놓았더니 아줌마는 카드 결제기 쪽으로 가면서 '이쪽에서 기다리실게요.'라고 상냥하게 말해 엉거주춤했던 자세가 떠올랐다. '체리 주스는 없으시구요, 오렌지 주스는 있으세요'라는 매장에서 손님은 보이지 않고 주스만 보이느냐고 한참 떠들던 내 모습이 보였다.

이렇게 사용되는 높임말을 일상에서 흔히 들을 수 있다. 마스크의 존재감을 높이고 있는 사서에게 나는 입을 다물었다. 그리고 나는 혼자 생각했다. '나를 존대하는 것이야. 오죽하면 내가 쓰고 있는 마스크까지랴.'

김후곤 수필집

집 앞 편의점, 10여 년 동안 얼굴을 익힌 일용직 '써니'와 이야기한다.

"우리 일은 단순하지만 틀림없는 감정노동자예요. 불친절하다고, 무례하다고 항의하는 손님이 많아요. 우리는 코로나가 한창일 때도 얼굴을 마주 보고 일했어요. 물건이 조잡하다고 화내는 손님에게는 어찌해야 할지 난감해요. 나는 '그러면, 사지 말아요!'라고 소리치고 싶어요. 내 감정을 나타내면 안 돼요. 이럴 때는 나도 모르는 사이에 존댓말을 마구 붙여요. 어색하지만 엉터리라는 것을 느끼지요."

한밤중에 불평불만을 삭여야 하고, 신체적 위협을 느끼게 하는 거친 사람들과 십여 시간을 일하는 사람에게 높임말을 바르게 써야 한다고 주문하는 것은, 교도소에 갇혀 있는 죄수에게 건강해지려면 하루에 만 보를 걸어야 한다고 말하는 것과 같다는 생각이 들었다. 써니가 나를 물끄러미 바라보며 말한다.

"손님들도 이것저것에 마구 붙이는 존댓말에 익숙해진 것 같아요."

사람과 장소, 때에 알맞게 높임말을 주고받는 곳에서는 화기애애한 모습을 볼 수 있다. 특정 사물에 높임말을 쓰거나, 자신을 '짐'이라 높이는 사람은 나를 불편하게 한다. 그리고 감정에 휘말리면 높임말을 사용하는 것은 생각보다 쉽지 않다.

높임말에 앞서 갖추어야 할 것, 이들을 대하는 자신의 진정성이 있어야 한다.

나를 우울하게 만드는 것들

　한쪽 끈이 떨어져 나간 그네 발판을 만지작거리는 아이의 모습은 나를 우울하게 한다.

　분식집 뒤뜰 잡동사니 옆에서 발견된 새의 몸에 강력접착제가 붙어있어 다리와 날개를 퍼덕일 때.

　대개 늦가을은 나를 우울하게 한다.

　게다가 겨울을 재촉하는 비가 봄비처럼 은밀하게 내리고, 친구들의 전화 한 통 없이 한 주일이나 혼자 탄천을 걷게 될 때.

　너도 나도 살림살이를 팽개치고 달아난 재개발 지역.

　한때는 안방이었던 곳의 벽은 허물어지고 찢어진 앨범 한 장에는 '찬란한 이 봄०···' 거의 해석되지 않는 몇 글자를 볼 때.

　십여 년의 세월이 흐른 후, 어떻게 해서인지 문득 이메일 한 통을 보게 되었을 때.

　그곳에서

　'이 세상에서 가장 좋아하게 된 그대, 내 육십 환갑은 자기가 챙겨주어야 해. 그 모습을 미리 생각하며 얼마나 많은 밤을 엎치락뒤치락

　　　　　　　　　　　　　　　　　　　김후곤 수필집

하는지 모를걸요.'

도대체 나를 좋아한다는 것은 무엇이던가. 하나의 치기(稚氣) 어린 행동, 아니면, 말장난, 아니면 연애 사건이었을까.

이제는 벌써 그 숱한 애증도 기억에서 사라지고 없는데, 그때 그는 나로 인해 번민에 싸였던 거라고.

차도에 내려서서 확성기를 보도 쪽으로 들이밀고 장날마다 하느님을 믿으라고 고래고래 소리 지르는 모습은 나를 우울하게 한다.

가까이에서도 조금 떨어져 들어도 무슨 말인지 알아들을 수 없는, 버스 정류장과 지하철 입구 사이를 왔다 갔다 하는 그는, 새까만 얼굴에 깊게 주름진 이마, 죽어가는 돼지가 질러대는 듯한 쉬어터진 목소리, 오가는 수많은 사람 중 단 한 사람도 걸음을 멈추지 않는 데에서 오는 분노, 소돔과 고모라를 보지 않았느냐며 소리쳐도 귀 기울이지 않음에 대한 절망감, 그 미친 듯한 격렬한 몸짓.

이런 모습들이 나를 더없이 우울하게 한다.

어쩔 수 없이 늙은이가 된 초등학교 친구를 만났을 때, 오랜 세월 아내의 지병을 돌보고 있는 친구와 술집에서 마주 앉았을 때.

그리하여 이제는 존경받을 만한 사람도 아니요, 한 직장을 이렇게 저렇게 운영할 수 있는 위치에 있지도 않고, 그저 하루하루를 견디는 사람으로밖에 되지 못했다는 퇴색된 아쉬움으로 손목을 잠깐 들어 올리고, 사라진 함박웃음, 무덤덤한 표정으로 서로를 바라볼 때.

로드킬로 죽어가는 까치 주위에 마구 날뛰며 비행하는 또 다른 까치들, 보리밭의 푸르름, 이 푸르름은 어디에서나, 오동나무가 넓은 잎을 서로 애무하는, 고향을 생각하게 한다.

저녁 반찬거리 몇 개를 옹색하게 싣고 다니는 용달차에서 게으른 주부를 부르는 녹음된 뻐꾸기 소리. 흐드러진 벚꽃 아래에서 고개를 쳐들고, 솟아오르는 분수 사이를 질주하는 쾌활한 아이들의 목소리는 폭염을 뚫고, 지하철 계단을 힘차게 뛰어오르는 젊음을 보며, 몇 년째 췌장암으로 집과 병원을 왔다 갔다 하는 시계추가 되어있는 친구와 통화할 때. 검단산에서 내려다보이는, 꼼지락꼼지락 기어가는 기차 또한 나를 우울하게 한다.

초행이었던 남쪽 어느 사찰 아래에서의 민박, 시냇물이 졸졸 흐르는 소리가 들리는 듯하고, 문이 열리고 닫는 소리를 꿈결처럼 들으며, 드디어 터엉~ 터엉~ 종소리의 맥놀이가 파도처럼 밀려올 때, 사찰은 어느 쪽에 있었지 하며 나는 불현듯 애수를 느꼈을 것이다.
파아란 하늘, 자신의 존재를 흰 선으로 드러내는 비행기.
긴 장마 끝 짱짱한 햇빛 아래 까맣게 썩어 고개 떨군 해바라기.
하얀 양쪽 가슴에 손때가 반들반들한 장날 술집 여인의 웃음.
어린 시절을 보낸 동네를 다시 찾았을 때, 그곳은 소문대로 내가 그리고 있던 집 한 채 보이지 않고, 비닐하우스보다 훨씬 큰 공장 건물들이 늘어서 있는 데다 어느 야구단 연습장의 불빛만 휑뎅그렁하게 솟아있을 때.

'도락구' 배기가스를 회충구제에 좋다 따라가며 마시던 신작로, 8차선 도로가 이곳저곳으로 뻗어나가, 줄지어 하느작거리며 내 마음을 하늘 높이 오르게 하던 미루나무를 볼 수 없을 때.

이 모든 것이 내 마음을 우울하게 한다.

하지만 나를 우울하게 하는 것이 어찌 이뿐이랴.

장마 속, 상여 뒤를 바싹 따르는 쪼그라진 어쩔 수 없는 사내.

삶은 것 같이 시든 고구마 줄기 두 단을 앞에 놓고 지나가는 사람들의 눈치를 바라는, 역시 한세월을 잘못 삶아놓아 작고 무너진 여인.

'파리'를 '파리스'라고 끝까지 '파리'에 '스'를 붙이는 선배.

검은 헬멧에 검은 복장에 검은 오토바이, 그리고 흐릿한 CCTV.

뎅그렁 뎅그렁 아니면 터엉~ 터엉~ 하던 사라진 종소리.

온 동네를 흥겨움을 뒷받침하던 징소리, 이제는 깨져버린.

어느 때 어느 곳에서나 이제 놀랄 일이 아니게 된 비상등과 경고음.

'소각 금지' 팻말 뒤에 낮게 골짜기를 퍼져나가는 허연 연기.

이 모든 것 또한 나를 우울하게 한다.

—<우리를 슬프게 하는 것들>(안톤 슈낙)을 패러디하다.

삶은 아름답다

나는 점심을 먹고 느긋한 마음으로 식당을 나섰다. 포만감으로 천천히 이쪽저쪽을 무심히 둘러보았다.

"빠지직! 삐직! 퍽!"

소리 나는 쪽을 바라본 나는 '이게 뭐야?' 하는 심정이었다. 한 사람이 쪼그리고 앉아 빈 캔을 발로 밟아 찌그러트리고 있었다. 사람들이 줄 서서 자기 차례를 기다리는 빵집, 밖에서는 안이 들여다보이지 않는 카페 앞이었다. 그는 조심스러운 동작으로 캔을 밟았다. 그리고 한 번 더 확인하는 태도로, 조금 더 힘을 실어 캔을 더욱 납작하게 잘근잘근 밟았다. 작은 체구에 마르고, 검은색 바지인지 치마인지가 흔들거렸다. 단추 달린 검은색 윗옷은 헐렁하며 회색 먼지를 잔뜩 뒤집어쓴 듯했다. 잠깐 벌어지는 윗옷 안으로 거무스름한 허리가방이 보였다. 처음에는 빨간색이었겠지만 지금은 물이 빠져 검게 보이는 스카프가 목 주위에 느슨했다. 머리에는 벙거지 같은 모자를 깊숙이 눌러써 얼굴은 보이지 않았다. 보이지 않는 얼굴에서 나는 시커먼 동굴을 떠올리고 있었다.

그는 납작해진 캔을 오른쪽 옆에 있는 자신의 체구만 한 자루에 툭 던져 넣었다. 아직 모양이 그대로인 대여섯 개의 캔들이 그의 앞에 널브러져 있었다. 왼쪽 옆에 있는 카트에는 이미 두 개의 크기가 같은 자루가 실려져 있었다. 카트에 올려놓은 자루는 빵빵하게 꼭꼭 눌려 가득 채워진 상태였고, 자루 주둥이는 비닐 끈으로 단단히 조여 있다. 발밑에 캔을 놓고 몸을 슬쩍 움직여 발로 밟고, 콱 힘을 주는 일련의 움직임은 일정하면서 여유로웠다. 서두르는 법이 없었다. 캔을 납작하게 하면서 짜증을 내거나 힘들어하거나 주위에 주눅 들지 않았다. 물론, 그 사람의 작업과 몸의 움직임에서 '세상은 아름다워! 살만하다니까!' 하는 환희는 읽을 수 없었다. 오히려 삶의 고달픔이 배어 있었다. 역력했다.

　오른쪽에 있는 자루에 나머지 납작해진 캔을 차곡차곡 집어넣고, 자루 주둥이에 달린 끈을 잡아당겨 졸라맸다. 왼쪽 카트에 자루를 올려놓고, 늘어뜨려져 있는 굵은 고무줄로 이쪽저쪽으로 넘겨오고 넘겨받으며 단단히 조였다. 그리고 그는 카트 앞으로 가서, 카트를 슬쩍 자기 앞으로 기울이더니 끌고 가기 시작했다. 그의 모습은 보이지 않고 검은 모자가 세 개의 자루 위로 잠깐씩 보였다.

　오르락내리락하는 검은 모자를 따라 여러 번의 건널목을 건너면서 무연히 그를 좇았다. 고물상 근처의 신호등에서 그는 건너고 나는 뒤처졌다. 내가 건널목을 건너 오른쪽으로 10여 미터를 걷고, 다시 왼쪽으로 돌았을 때, 20여 미터 골목 안에 가로로 길게 걸려있는 고물상

간판을 보였다. 그는 높고 넓적한 여닫이 고물상 문 옆에 쪼그려 앉아 있었고, 동그란 간이나무 의자 위에는 몇 장의 지폐와 동전이 있었다. 그 광경을 보며 나는 괜히 당황했다. 여기까지 따라온 이유는, 무엇이 궁금하다는 건가. 나는 내친걸음이다 싶어 다짜고짜 그의 앞에 쪼그려 앉으며 목소리를 다듬었다.

"얼마 받았습니까?"

그는 고개를 슬며시 들고 나를 훑어보았다. 짧은 순간이었다. 검은 잔주름이 작은 얼굴에서 긴장하고 있었다. 긴장이 천천히 풀리고 무표정한 얼굴로 되돌아갔다. 고개를 숙이며 말했다.

"만 육천백 원이유."

낮고 새된 목소리였다. 나는 그가 남자가 아니라 여자인 것을 알아챘다. 나는 또 당황했다. 이런 마음을 얼른 지우며 점잖은 체했다.

"벌이는 마음에 드나요?"

"괜찮어유."

허리에서 손바닥만 한 번쩍거리는 가방을 앞으로 돌려, 돈을 크기 순서대로 넣고 지퍼를 닫았다. 그녀는 슬슬 일어나 카트의 고무줄을 정리하고, 왔던 길을 되돌아가기 시작했다. 이때 그녀의 눈에 나는 투명인간이었다. 안중에 없었다. 나는 그녀를 따르다 이내 발걸음을 나란히 했다. 둘은 천천히 걸었다. 파란불이면 건너고, 주황색 신호등에서는 기다렸다. 둘은 침묵했다. 무슨 할 말이 있겠는가. '투명인간'이 말을 건네고 그녀가 답했다.

"점심은요?"

김후곤 수필집

"아직유."

"집은요?"

"산성동이쥬."

"어떻게 가요?"

"복정까지는 전철유. 거기서 한참 걷지유."

"하. 힘들겠습니다."

"전철, 꽁짜루 탈 수 있어, 이나마 헐 수 있는 거지유."

"매일 나옵니까?"

"아니유. 일주일에 한 번, 그것도 카페 사장이 챙겨줘서지유."

드문드문 이야기를 주고받는 사이에 빵집, 카페 가게 앞이었다.

"제가 빵, 세 개 사드릴게요. 갖고 가세요."

"아녀유. 집에 가서 밥 먹어야쥬."

"…"

"선생님, 고마워유."

그녀가 끌고 가는 카트 바퀴소리가 덜덜거렸다.

자신에게 주어진 삶을 벗어날 수 없다. 나는 묵묵히 견뎌내는 그런 삶에서 아름다움을 보았다.

살아가는 방법

고향은 내가 기억하는 모습보다 훨씬 더 작았다. 드넓게 생각되었던 논과 밭은 몇백 평의 농지였고, 장마철이면 거센 흙탕물이 넘쳐, 하굣길에서 발을 동동 구르게 하던 하천은 실개천이었으며, 너른 들판으로 생각하고 있던, 개천 건너 앞마을은 그저 그런 초라한 시골 마을 중 하나로 거의 눈에 띄지 않았다. 학교 가는 길에 하늘 높이 솟아 살랑살랑 흔들던 미루나무는 없어진 지 오래되고, 주위로 사 차선의 도로가 쭉쭉 뻗어나가고 있었다. 슬레이트이거나 초가지붕들은 하나같이 기와지붕으로 바뀌었으며, 멀고 까마득했던 성왕산은 손을 뻗치면 닿을 것 같은 곳에 있었고, 나지막한 뒷동산이었다.

그렇지만 기억만큼은 시간이 지날수록 색깔이 더 선명해지고, 그 속에서는 소리까지 또렷해지고 있다. 설렁설렁 김을 매는 나를 아랑곳하지 않고, 쉼 없는 손놀림에 박자를 맞추는 어머니의 목소리가 들린다.

"나는 이렇게 밭에 엎어져 있지만, 너는 공부 열심히 하고, 착하게 살아야 혀. 남을 해코지 하면 안 되어."

나만이 들리는 목소리로 대답을 하지만 뻐꾸기 소리가 더 크게 들린다.

"엄마, 나는 저 소리를 들으면 기분이 좋아."

"으잉? 난 아녀. 많은 사람이 다치고 죽은 생각이 나. 그려서 슬퍼어."

나와 함께 걷던 선배가 말한다.

"어떻게 저런 높은 곳에서 살 수 있지?"

잠시 뜸을 들이더니 또 구시렁댄다.

"나는 이런 빌딩 숲이 싫어."

수십 층이 서로 어울려 하늘을 조각내고 있는 빌딩 숲 한가운데에서 나는 초라해진다. 고개를 바짝 쳐들고 위를 쳐다보면 건물 끝에 빼꼼히 드러난 하늘이 빙빙 돈다. 내 머리도 함께 돈다. 어지러워 이내 고개를 숙이고 우리는 갈 길을 간다. 빌딩 꼭대기에서 내려다보면 나는 한 마리의 개미가 되어 꼼지락꼼지락 기어가고 있을 거였다.

만남의 장소, 오랜만에 만난 후배, 요즈음 한옥에 관한 책을 읽는데 재미있단다.

"우리나라의 온돌, 서양 사람들도 좋아한답니다. 아궁이에 불을 지펴 음식을 만들고 방까지 따뜻하게 하는 온돌은 경이롭다, 한다네요. 방에 들어서면 발바닥으로 온기를 느끼고 누우면 등이 따스해지며 온몸이 편안해진다고도 하고."

옆의 누군가가 이 말을 이어받는다.

"온돌 아래로 불길이 지나야 하므로 아궁이는 더 낮았고. 모든 초가집은 마치 토굴처럼 지을 수뿐이 없었다는 거야. 어때? 일제강점기, 조선에 이층집이 보이지 않자, 일본 사람들이 말했다잖아. '조센징은 토목기술이 없어. 미개인이야.' 우리, 이 층에 온돌을 놓으면 어떻게 불을 지펴?"

어렸을 적의 아궁이와 온돌의 추억, 사라진 것들, 아파트에 남아있는 우리의 온돌 문화가 북반구의 여러 나라에서도 사랑받고 있다고, 아프리카는 빼, 하며 술잔에 서로의 말을 섞어 주고받았다.

어머니는 평생 밭고랑을 기었고, 나는 부모의 보살핌으로 자라, 한동안 교단을 오르내렸다. 어머니는 있는 힘을 다해 돈을 모아 가난을 벗어나려 했고, 나는 아이들을 가르치며 돈에 애써 관심을 피하는 평범한 생활을 이어갔다. 어머니와 나는 이렇게 사는 방법이 크게 달랐다. 어머니는 굴곡진 삶을 살았지만, 비난, 질시, 다툼, 부, 명예, 축복과 같은 말과는 어울리지 않았다. 어머니의 삶은 나름 숭고했다고 생각한다. 그렇다고 사십여 년을 오르내린 나 자신의 교단생활을 폄하하지도 않는다. 크게 부끄럽지 않게 살았고, 괜찮았다고 스스로에 주문하곤 한다.

몇 년인가는 단독주택에 살다, 이사 후 30여 년 동안 아파트에 둥지를 틀고 있다. 지금도 단독주택에서 살고 싶은 마음이 남아있으나, 내 궁둥이는 여전히 아파트에서 떠날 줄 모르고 있다. 아파트에 살다 보니 배산임수 주택을 그리고 있나. 단독주택에 사는 사람은 아파트를 올려보며 부러워할까.

사는 방법을 알아서인지 주위에 잘 사는 사람이 많다. 그 사람들을 생각하면 뜬금없이 나 자신이 작게 쪼그라드는 것 같다. 세상의 복이란 복을 모두 거머쥔 것처럼 보이는 사람도 있다. 이들의 생활이 밝은 빛으로 환하다면 나의 빛은 반짝거리기나 할까. 그저 회색이거나 검지 않기를 바랄 뿐이다.

어떻게 살아야 하나. 서점이나 도서관에는 건강 여행 독서 글쓰기 돈벌기 취미생활에 관한 책들이 즐비하다. 모두 잘 사는 방법을 펼치고 있다. 나도 이 중에 관심이 있는 분야가 있지만 늘 관심 수준이지, 그 분야를 줄기차게 밀고 나가지 못하고 있다. 줄기차게 나아가지 못하며 주춤거리고 있으나 아주 포기하지도 않고 있다. 답답하지.

현재의 위치, 목적지 그리고 방향을 입력해 놓으면 스스로 잘도 찾아간다는 내비게이션, 잘 사는 방법을 찾아주는 그런 내비게이션이 있으면 참 좋겠다. 내비게이션, 책 속에 장착되어 있다고 나는 생각한다.

2부

—

바람이
머무는 곳

벌써 해는 저물고 짙은 우윳빛 안개가 냇가
며, 교회 뜰이며, 공장 근처의 공지에 덮이기 시
작했다.

지금처럼 갑자기 어둠이 깃들고 아래서는 등
불이 반짝거리고 안개가 끝이 없는 심연을 아래
에 감춘 듯이 보일 때는, 가난한 집에서 태어났고
겁에 찬 듯이 늘 양순한 마음씨만을 품은 외에는
아무것도 없이 일생동안 가난에 쪼들리며 살아
야 하는 그녀와 어머니도 잠시동안은 이런 생각
을 했을지도 모른다.

이 광막하고 신비로운 세상의 헤아릴 수 없이
다양한 생활 속에서 자기들도 인간 축에 들지도
모르고, 이 세상에는 자기들보다 못난 사람이 있
을지도 모르리라고.

　　　　　　　—『안톤 체호프 단편선』(안톤 체호프)
　　　　　　　　「골짜기」에서

고슴도치와 함께 살기

첫날은 오래전에 잡힌 약속으로 칠팔 명이 함께한다. 둘째 날은 집 근처에 있는 대학병원에 문병 왔다, 보고 싶다는 친구의 전화로 저녁을 함께한다. 셋째 날은 가까이 있는 선후배의 '번개팅'이다. 자연스럽게 술을 마신다. 막걸리로 시작하는 모임이고, 친구와는 맥주로 시작한다. '번개팅'은 만남의 경쾌함으로 소주와 맥주를 섞은 글라스로 시작한다. 첫 잔에 담기는 술은 조금씩 다르지만 본격적인 대화와 함께 소주가 탁자 위의 안주와 그 주변의 반찬을 거느린다. 안주를 시키는 모습은 수십 년이 지났는데도 변하지 않는다. 주로 돼지고기구이다. 삼겹살 오겹살이나 가끔은 목살도 오른다. 처음에는 이성이 술자리를 지배하는 듯하다 이내 감성으로 다정해진다. 더 지나면 감정이 장악한다.

흡연 장소로 이끄는 표지가 있는지 흘끔거린다. 서빙하는 친구에게 여기에서 담배 피워도 되냐고 슬쩍 물어보기도 한다. 실내에 흡연 장소를 구비한 업소는 드물다. 나는 슬며시 일어나 밖으로 나가 흡연 장소를 찾는다.

아주 작은 덩어리로 죽은 듯이 웅크리고 있어, 있는지 없는지조차 알 수 없는 고슴도치. 삼 일 동안 먹고 마신 것들은 고슴도치의 잠을 깨운다. 고슴도치에 이어진 탯줄로 알코올이 들어간다. 돼지고기의 지방을 흡수한다. 고슴도치가 잠을 깬다. 꼼지락거림은 둔하다. 어쩌다 한 번씩 눈을 껌뻑인다. 고슴도치의 털은 부드럽기까지 하여 몸에 착 달라붙었다.

담배 연기는 흩날리고 니코틴은 고슴도치의 탯줄로 주입된다. 이 니코틴으로 고슴도치는 몸을 벌떡 일으켜 세우며 머리를 투두두툭 털어댄다. 조금씩 일으켜 세우던 털은 이내 새까만 가시가 된다. 억 센 쇠가시로 무장한 쇠공이 되어 날카롭다. 고슴도치는 화가 나서 가 시를 빳빳하게 세운 것이 아니다. 한마당 놀이를 벌이기 위해 세운 가시다.

두 팔을 쭈욱 펴고, 두 다리에도 힘을 주어 스트레칭을 한다. 침대 위에서 일어나기 위한 준비운동이다. 나는 깜짝 놀란다. 오른쪽 발 엄지발가락 관절에서 시작한 통증이 온몸을 찌른다. 관절 주위는 매끈하게 부풀어 올라 빨갛게 오똑하다. 일어나 앉으려 하나 아픔으로 땀이 난다. 뒤척이려 하나 아픔은 배가 된다. 아악 소리가 저절로 나온다. 오른쪽이 아닌 왼쪽 다리 하나 움직이는데도 신음 소리가 방안을 꽉 채운다. 내 신음 소리에 장단을 맞춰 고슴도치의 한마당은 질펀해진다. 꽹과리 자진모리에 상모가 팽팽 돈다.

울음이 나올 정도로 아파 움직이지 못한다. 외로 누우려 하나 통증

김후곤 수필집

으로 그만둔다. 스치는 이불깃에 으윽 소리가 어금니 사이에서 또한 몸부림친다. 고슴도치의 한마당에 방향조차 잡지 못한다. 살살 불어오는 선풍기 바람에 고슴도치는 탄성을 지르며 환희로 가시를 찔러댄다. 나는 전율하고!

나는 통풍을 관절 속의 '고슴도치'라 부른다.
내 행위는 고슴도치가 좋아하는 것들이다. 나는 안다. 그럼에도 변치 않는 내 습관의 안타까움도 안다.

마름에 대하여

가을철 방죽에는 연잎 모양의 마름잎이 누렇게 떠있다. 하늘빛이 어룽거리는 물색으로 언뜻 눈에 띄지 않는다.

농사철이 끝난 시기, 동네 사람들이 방죽 주위로 몰려든다. 방죽의 물을 뺀다. 한참 후에 장정 서넛이 허리 깊이의 물속으로 들어가 누런 줄기를 걷어 올린다. 둑 가에 느런히 기다리는 우리들에게 줄기 뭉텅이를 던진다. 줄기 끝에는 별 모양의 갈색 열매가 도도록하다.

물속 사내들의 정강이가 드러나면, 몇몇이 함성을 지르며 철벅철벅 얕아진 방죽 속으로 바쁘게 들어간다. 반두로 방죽 밑을 훑는 사람, 반두를 걷어 올릴 때마다 함성을 지른다. 대개는 손더듬이다. 보이지 않는 흙탕물 속을 두 손의 감각으로 고기를 잡는다. 메기를 쫓다 잡는다. 장어를 움켜쥐다 놓치고 잡고 또 놓친다. 어른 손바닥만 한 크기의 붕어를 머리 위로 들어 올리다, 용트림, 미끄덩거림으로 붕어를 놓치고 뻘 속으로 자맥질하기도 한다.

방죽 안에 전혀 다른 손더듬이가 있다. 뻘 속을 더듬더듬 더듬는다. 주물럭대다 슬며시 힘을 주어 들어 올린다. 팔뚝만 한 뿌리, 마름이다.

김후곤 수필집

이 손더듬이는 방죽 안 이곳저곳을 휘적대며 그저 마름만을 뽑아 올린다. 둑으로 던져지는 마름을 망태기에 담는다.

방죽 천렵으로 이장 집에 사람들로 가득하다. 매운탕으로 어죽으로, 삶은 돼지고기로, 막걸리, 소주가 넘나들며, 화톳불과 연기, 왜장치는 소리로 밤하늘이 벌겋다.

사랑방 상석에, 동네에 드나드는 마름이 벌건 얼굴로 건드럭거리며 앉아있다. 가을걷이 때에는 뻔질나게 드나들며 탈곡 후의 검불을 헤집어보았다. 해거름에는 볏섬을 꼼꼼히 적었다. 새참에 잠깐 들려 막걸리 한 잔으로 점고를 하는 둥 마는 둥 하고, 특히 어느 집에서는 하루 종일 오동나무 아래 작은 멍석에 양반다리로 앉아 탈곡 마당 전체를 수시로 둘러보았다. 당연히 새참이며 점심이며 입다심에 정성을 기울여야 했다. 주인과 일꾼 모두는 불편해했다.

신명 난 하루를 잘 보내던 변 씨가 사랑방 상석에 앉아 껄껄거리며 수작을 벌이는 마름을 언뜻 보고, 새참을 네 번이나 올려야 했던 지난 가을걷이가 떠오르자 흥청거리던 마음이 일시에 차가운 얼음을 품은 듯 잦아들었다.

'소작료! 즈이들 맘대루지. 내 흰 눈을 보고! 그려, 그려서 하루 종일 타작마당에 있었던 거야. 방죽 속의 마름처럼 저 마름을 홱 뽑아버려? 어이그, 답답이!'

변 씨의 마음이 사랑방에 앉아있는 마름으로 이어졌는지, 안마당에 앉아있는 변 씨를 손가락질하며 소리친다.

"어이, 변 씨, 보름 후에 우리 집 지붕 좀 손봐줘야 혀. 이엉 열대여섯 마름이 필요할 거란 거는 잘 알 터이고. 흠흠. 이리 올라오게나. 술 한 잔 쳐줌세."

방죽에서 얻어온 마름의 열매는 고소해서 우리는 '물밤'이라 했다. 마름의 뿌리는 전분으로 만들고, 이로 부침개를 해 먹었다.

김후곤 수필집

안녕

런던의 4월은 을씨년스러웠다. 하늘은 우중충하고 바람이 없는데도 북해에서 찬바람이 불어온다는 듯, 나는 몸을 작게 옹송그렸다. 벗어던진 겨울옷에 대한 아쉬움이 남아있는 그런 날이었다.

그 유명한 하이드파크엘 갔다. 옆 짝은 신이 나, 내가 관심이 있든 없든 끊임없이 설명했다. 400년의 역사를 자랑하는 곳이다. 말[馬]만 다닐 수 있는 길, 누구든 올라가 연설을 할 수 있는 스피커스 코너, 모두 즐길 수 있는 보트와 수영장, 여러 개의 기념비가 있었다.

우리의 공원과는 비교할 수 없을 만큼 컸다. 공원 전체가 이상하게 낮다는 느낌이 들었다. 산책로와 호수 수면의 높이가 비슷하다는, 호수 수면과 산책로가 겹쳐진다는 착시를 하고 있었다. 빙 둘러보아도 나무와 물, 하늘만 보였다. 원근법을 볼 수 있는 늘어선 우거진 나무, 그 너머 빌딩이 아슴푸레하게 머리를 숙여 공원을 들여다보는 것 같았다. 드문드문 떨어져 있는 벤치는 넓은 품으로 누군가를 기다리고 있었다.

한기가 슬쩍 내 몸을 파고들었다. 순간 재채기가 터졌다.

"봤슈우우!"

밝고 명쾌한 목소리, 꼭 나에게 건네는 말투였다. 그럴 리가, 하면서 소리 나는 쪽으로 고개를 돌렸다. 보통 키에, 머리는 희끗하고 걸음걸이가 활기찼다. 그의 가슴 근처를 바라보며 웃는 척했다. 그는 나를 보고 한 손을 들어 아는 체 했다. 내 귀에는 그렇게 들렸다. 나의 속생각이 빠르게 드나들었다.

'웬 사투리이? 봤슈우우? 볼 것도 별로구만, 지금 구경하고 있잖유우.'

옆 짝이 소곤댄다.

"이럴 때는 'Thanks!'라고 답해줘요."

'뭘 일루 고맙다구 그런디야' 속으로 한 번 중얼거리고 큰 목소리로, 한 손을 들어 흔들어주었다.

"Thanks!"

그곳을 지나 반대편쯤 왔을 때 짝이 설명했다.

"아까, 그 남자가 한 말은 'May God bless you'를 줄인 말 'bless you'였고, '감기 걸리지 말고 건강해라'는 뜻이에요."

영국인들은 누가 재채기를 하면 반 박자도 놓치지 않고 재빨리 그렇게 말한다는 거였다.

나의 재채기에 'bless you'로 화답한 그의 친밀감이 내 가슴에 아직도 남아있다. 코비드가 전 세계를 덮어버리고, 심상치 않은 영국도 마찬가지다.

'오늘, 그 영국인, 건강하겠지?'

김후곤 수필집

웃을 수 있는 사람

부륵부륵
소리에 화면을 들여다보니
친구, '좋은 비'다.

화면을 밀어 올린다.
목소리보다 웃음소리가 먼저 귀에 들어온다.

나도 친구 따라 덩달아 웃으며 건강을 묻는다.
친구는 한마디하고 웃고, 웃고 나서 말하고, 또 웃는다.
토요일 만나서 당구 좀 가르쳐 달란다.
그러고 또 웃는다.

나도 한마디 하고 웃고, 웃고 나서 말한다.
남을 가르쳐 줄 만한 실력이 아니라고.
그리고 웃는다.

둘은 웃음을 버무려 통화하고, 끝낸다.

'좋은 비' 고맙다.

하하하하!

이렇게

웃음으로 범벅한 통화를 할 수 있는

사람이

주위에 몇 명이나 될까.

집게

　사우스 코리아와 지형이 비슷한, 유럽 대륙의 서쪽에 위치한 섬나라, 그곳에 살고 있는 녀석과 나는 통화 한다. 영상통화를. 섬나라와 우리의 시차는 8시간 정도다. 여기가 낮이면 그곳은 밤이다. 녀석과 통화를 할 때마다 나는 늘 '海內存知己 天涯若比隣(해내존지기 천애약비린)'*이란 절구를 떠올리곤 한다. 그렇게 먼 곳과 실시간으로 얼굴을 마주 보며 이야기를 나눌 수 있다는 것에 머뭇거리며 얼떨떨한 상태로 처음 통화할 때의 느낌이었다.

　내 얼굴과 말이 손바닥만 한 기기를 통과하여 하늘 높이높이 올라가 서쪽으로 나아가 섬나라의 녀석이 살고 있는 곳으로 순식간에 날아간다는 경이로움에서였다. 살고 있는 곳이 하늘 끝과 같이 먼 곳이어도 내가 사랑하는 녀석이 살고 있기 때문에 바로 곁에 있는 것처럼 생각되어서일 것이다.

　서로의 건강을 확인한다. 코로나-19, 서로의 근심거리를 띄우고 이곳과 그곳의 상황을 비교해보기도 한다. 녀석의 아이들이 학교에 적응을 잘하고 있다는 자랑에 우리 둘은 더 가까워진다. 뜬금없이 녀석이 묻는다.

"아빠, 언제부터 독서를 시작하셨어요?"

"어쩌다 한 권씩 읽은 것은 오래됐겠지. 그래, 본격적으로 읽기 시작한 건, 한 오륙 년 됐을까?"

잠시 깜빡거리는 모습이 보인다. 영상 이쪽을 들여다보듯 얼굴이 화면 가득하다.

"아녜요. 오래됐을걸요. 제가 중학교 다닐 때, 아빠 침대 머리맡에 늘 책이 펼쳐져 있는 것을 보았으니까요. 그래요! 집게! 책에 빨래집게가 집혀 있고요. 맞지요?"

'그랬던가. 맞아!' 하듯 나는 얼른 핸드폰 화면을, 요즈음 읽고 있는 책을 집고 있는 빨래집게에 들이댄다.

"맞아요! 그 집게에요. 지금도 집게를 쓰고 있군요. 정말 대단해요."

뭐가 대단하다고 하는지 감이 잘 잡히지 않는다. 요즘도 책을 읽고 있다는 것이, 빨래집게를 책갈피로 사용한다는 발상이 대단하다는 것인지를.

나는 오래전부터 책갈피를 집게로 대신해 왔다. 빨래집게로, 어떤 사무실에서는 문서를 임시로 집어둘 때 사용한다. 가로 3cm, 세로 5cm 정도 크기의 내가 사용하는 플라스틱 집게는 손잡이 부분은 타원형으로 부드럽게 마무리되어 있다.

인문서적, 국내소설, 외국소설을 동시에 읽는 경우가 종종 있다. 인문서적이 읽기에 지루하면, 국내 소설로, 이조차 재미를 느끼지 못하

김후곤 수필집

면 외국소설로 아주 쉽게 책을 바꾼다. 그럴 때, 빨래집게를 책갈피로 사용해보니 편리했다.

처음에는 5~6개였는데 용수철이 부러지고, 어떤 것은 손잡이 부분이 깨지면서 내 손에서 벗어났다. 지금은 노랑, 초록, 청색인 세 개의 집게가 나와 함께한다.

집게는 나에게 익어온 책갈피다. 내 손에서 숙성되었다. 본래의 용도에서 한참 멀리 간 것처럼 생각되지만 그렇지 않다. 집게는 내 책을, 독서 습관을 꼬옥 집어주고 있다.

이 세상에 자기의 벗이 있으면, 저 하늘 끝도 가까운 이웃과 같다네.

채송화 그리고 해바라기

20평 정도의 텃밭에 여러 가지 채소를 심어온 것도 5년이 된다.

작년에 그 텃밭 가에 아주까리를 심었다. 싹이 트고 자랄 즈음에는 주위 사람들의 시선을 끌지 못했다. 1m 크기로 자랐을 때

"잘 크네."

인사말로 텃밭 사람들은 아침을 열었다.

3m 정도 크기로 자라 잎이 우산만 해지자, 텃밭을 지나가는 사람들이 한 마디씩 툭툭 던졌다.

"파초인가요?"

"이거, 열매를 먹는 건가요? 씨앗?

"무슨 약재인가 봐."

어쩌자고 심은 것인가. 내 어릴 적의 기억 속에서 자라고 있는 아주까리였다.

올해는 텃밭 가장자리를 더 넓혔다. 봄에 뿌린 채송화와 해바라기는 장마철이 되기 전에 꽃을 피웠다. 텃밭 이웃들이 참견했다.

"무쳐먹지도 못하는 채송화를 왜?"

"해바라기씨를 발라 먹으려구요? 자잘합니다."

채송화는 땅에 납작 엎드려 보석처럼 빨간 손을 살살 흔들었고, 해바라기는 넓적한 황금 얼굴로 싱글벙글대면서 하루 종일 해를 쫓아다니고 있었다. 지나가던 사람들이 멈추어 쪼그리고 앉아 채송화를 들여다보다, 허리를 펴고 해바라기를 해바라기하고 있었다.

이 꽃들도 어린 내 추억 속의 일부였다.

다산 정약용의 '용지허실(用之虛實)'을 읽었다.

'연꽃을 심는 것은 이를 감상하는 데 쓰이고, 벼를 심는 것은 먹을거리를 제공해 준다. 연꽃과 벼는 그 쓰임이 사뭇 다르다. 하지만 논을 파내어 연을 심을 못을 만드는 사람은 그 집안이 반드시 번창하고, 연 심은 못을 돋워 논으로 만드는 사람은 그 집안이 반드시 쇠미해진다.'

이 부분을 읽으면서 나는 벙싯거렸다. 올해의 내 텃밭이 떠올랐다. 조금은 억지 같다는 생각이지만, 연꽃은 채송화 해바라기였고, 벼는 텃밭의 여러 가지 채소였다.

왜 그런가? 다산이 설명해준다.

'인품의 차이 때문이다. 벼 몇 포기 더 심어 얻는 몇 말의 쌀보다, 연꽃을 감상하며 얻는 정신의 여유가 더 소중하다. 쓸모만 따진다면 농사나 열심히 짓지, 무엇하러 시를 쓰고 어째서 책을 읽는가?'

나는, 내가 심은 채송화와 해바라기를 연꽃에 비유하고 있었다.

탄천에서 삶을 보다

탄천을 가로지르는 교량 중 하나인 정자교의 한쪽 보행로가 무너졌다. 해머로 스티로폼 조각을 내려친 것처럼 순식간에, 약 30m의 보행로가 한꺼번에 뚝 끊어졌고, 일부 난간이 아픔처럼 남아 대롱대롱 매달려 있다. 끊어진 곳에는 철근 몇 가닥 삐죽하고 주름 파이프가 뚝 잘려나간 모습이다. 이 다리는 하중을 지지하는 구조물이 없는 '외팔보구조'로 지어졌다. 보행로는 지지하는 구조물이 없어 허공에 떠 있는 모양새다.

그 여성은 출근하는 길이었을까, 퇴근하는 도중이었을까. 정자교에 한 발을 내디뎠을 때, 남편과 아침 다툼을 생각하며 저녁에는 내가 먼저 화해 카드를 꺼내야지, 생각했을까. 추락하는 순간은? 이제 끝이로구나, 평온한 나날에, 뭐 이런 일이 있어? 안돼! 멈춰! 하는 절박함이 있었을까. 외마디 비명은? 그렇게, 단 몇 초 만에 한 여성이 저 세상으로 훌쩍 넘어갔다. 여러 사연과 사랑과 슬픔과 격정을 안고.

남은 가족들의 참담한 마음으로, 왜 그곳을 지나갔나, 왜 그 시간에? 조금 늦게 건너지, 아니 몇 초만 빨리 건넜더라면, 하며 돌이킬 수 없는 상황을 안타까워하기도 하겠지….

무너져 내린 보행로 주위에는 가림막으로 가려져 있으나 공사하는 기미는 보이지 않는다. 정자교 밑을 사람들이 지나간다. 앞서가는 남편을 조용히 뒤따르며 한가하게 걷는 나이 든 부부, 바싹 구부리고 몸에 착 달라붙은 자전거 복장으로 쌩하고 쏜살같이 지나가는 청춘들, 줄로 연결된 반려견과 견주, 땀으로 얼룩진 셔츠로 바튼 호흡에 여전히 보폭이 경쾌한 젊은 여자, 이들 행동에는 다급함이 보이지 않고 활기차며 오히려 평화스럽기까지 하다.

흰 구름으로 하늘은 오히려 푸르고, 바람을 타고 하느작거리는 버드나무가 발을 담그고 있는 탄천은 조용히 쉬지 않고 흐른다. 살아있는 사람은 각자의 일상을 이어간다.

거미줄과 양파

옛날에 험악한 사내가 있었습니다.

이 사내는 사람을 죽이거나 집에 불을 지르는 등 온갖 악행을 저지른 큰 도둑이었습니다. 이 사내는 넘실거리는 피의 웅덩이 속에 숨이 막혀, 흡사 죽어가는 개구리처럼 그저 발버둥 치고 있었습니다. 석가모니는 이 사내를 지옥에서 구해주고 싶었습니다. 사내의 생전을 살펴보았습니다. 숲속을 지나가다 길바닥을 기어가는 작은 거미 한 마리를 살려주고 있었습니다. 석가모니는 연꽃 사이 머나먼 아래쪽 지옥 밑바닥으로 은색 거미줄을 내려주셨습니다. 사내는 재빨리 거미줄을 잡고 올라가기 시작했습니다. 한참을 그렇게 올라갔습니다. 문득 정신을 차려보니 거미줄 아래쪽에 수많은 죄인이, 자신이 올라온 뒤를 따라 개미 떼처럼 위를 향해 힘들게 기어오르고 있었습니다.

이 사내는 갑자기 큰 소리로 외쳤습니다.

"이봐, 이 죄인들아! 이 거미줄은 내 거야. 내려가! 내려가라니까!"

거미줄은 이 사내가 매달려 있는 곳에서 툭 소리를 내며 끊어졌습니다.

　　　　　　　　　　　　　　　　　─『거미줄』(아쿠타가와 류노스케)에서

　　　　　　　　　　　　　　　　　　김후곤 수필집

또 다른 옛날에 어떤 사악한 여자가 있었습니다.

그 여자는 죽을 때까지 좋은 일은 한 번도 한 적이 없었습니다. 악마가 불의 호수로 그녀를 데리고 갔습니다. 여자의 수호천사는 곰곰이 생각했습니다. 그때 수호천사는 그녀가 딱 하나 좋은 일을 한 걸 기억해 내고 하느님께 말씀드렸습니다.

"그 여자가 양파 하나를 거지에게 준 일이 있습니다."

그러자 하느님은 이렇게 말씀하셨습니다.

"그래, 그럼 그 양파를 가지고 가서 여자가 그걸 붙잡고 불의 호수를 빠져나올 수 있도록 끌어올려라."

수호천사는 불의 호수에 가서 그 여자를 조심스럽게 끌어올렸습니다. 그때 이 모습을 본 다른 죄인들이 여자를 붙잡고 같이 올라가려고 했고요. 그러자 여자는 그들을 발로 차며

"이곳을 나가는 사람은 나지, 너희들이 아니야. 이건 내 양파야! 너희 것이 아니야."

이 말이 끝나자마자 양파는 부서졌습니다.

—『카라마조프가의 형제들』(도스토옙스키)에서

두 우화는 착한 일을 하는 것이 얼마나 중요한가를 말하고 있다. 사내와 여자는 단 한 번의 선행으로 구원받을 수 있는 기회를 잡는다. 말뿐인 사랑이 아니고, 자신이 갖고 있는 것들을 가난한 사람들에게 적극적으로 나누어 주는 실제 행동을 말하고 있다.

우리는 습관에 의해서, 규범에 묶여서 또는 의도적으로 선행을 하게 된다. 어찌 한 번뿐이겠는가. 쌓이고 쌓인 선행으로 매일 매일을 살아가고 있다. 기회는 누구에게나 주어진다.

그러나, 그런데, 안타깝게도 인간은 이기심과 아집으로 그 기회를 놓치고 있다.

어떤 버킷리스트

후배의 버킷리스트에 '왼손잡이'가 들어있다. 평생 오른손의 도우미 역할만 해오는 왼손을 위해 크게 마음 써보기로 했단다.

후배는 라이더다. 어느 날 인천까지 내려가고 아라뱃길 옆 자전거 도로를 타고 서울로 올라오고 있었다. 내리막길에서는 힘이 덜 들면서 속도감이 붙어 바람이 시원해진다. 상쾌한 기분으로 왼쪽으로 휘우듬하게 기울어지는 길을 따라간다. 몸짓도 왼쪽으로 기울어진다. 순간 "쾅!" 했다. 후배는 자전거와 함께 옆으로 패대기쳐졌다. 뒤따르던 라이더가 소리 질렀다.

"왜 갑자기 핸들을 틀어요!?"

후배는 누워있는 상태로 생각했다. 라이더 경력이 몇 년인데. 그럴 리 없다고 말하려다, 누운 채로 몸 이곳저곳을 만져보아도 크게 아픈 곳이 없었다. 다행이다 싶었다.

누군가 연락했는지 119에서 차가 왔고, 구급대원이 빠르게 후배 옆에 쪼그리고 앉았다.

"아픈 곳은요?"

"없어요."

'쇄골이…'란 말에 불룩 솟아오른 오른쪽 쇄골을 만졌다. 마음은 크게 걱정인데도 통증이 전혀 없다. 구급차에 실려 병원에 갔는데, 쇄골이 두 조각 났단다. 이 말을 듣자마자 아픔이 밀려왔고, 잠깐 잠이 들었고 눈이 떠졌다.

"수술 언제 해요?"

"끝났습니다. 이제 괜찮을 겁니다."

잠이 든 두 시간 동안 수술을 마쳤다 했다.

오른쪽 어깨에 깁스를 하고 모든 일을 왼손으로 처리했다. 세수하기 이빨 닦기 숟가락과 젓가락질하기, 왼손으로만 옷을 갈아입는 것이 영 서툴렀다. 두 달이 지난 후 이런 일들을 그럭저럭 해결하게 되었고, 깁스를 풀었을 때, 왼손으로 여러 가지를 해결하게 되었다.

콩나물무침을 왼손 젓가락질로 들어 올려 입 안에 넣고 맛있게 우적우적 씹었다.

"불구가 되지 않아서, 머리를 다치지 않아서 정말 다행입니다. 그리고 버킷리스트 중 하나를 단 삼 개월 만에 해치웠다니까요. 좋아요!"

후배의 말을 듣고 지갑 속에 들어있는 나의 버킷리스트를 생각했고 기분이 좋았다. 누군가의 역사로 버킷리스트는 이루어질 터이니까.

남생이의 길

장마 끝 자전거 길,

남생이 한 마리가

달구어진 포장도로에서 탄천 쪽으로 꼼지락꼼지락 기어간다.

마구 쏟아지는 황토물에 둑방까지 밀려와

놀란 가슴을 쓸어내리다 폭염을 만났다.

얼른 물 속으로 들어가야지 하는 것은 내 마음이다.

뭍에서의 물갈퀴질은 마냥 어설프기만 하다.

나는 쪼그려 앉아 남생이가 가는 길을 본다.

잔디는 조밀하게 웃자랐고, 남생이에게 아주 낯 설은, 사람이 다니는 길이 가로질렀다. 그리고 매일 오는 비로 마구 자란 풀들이 넓게 펼쳐져 있다.

또 인간의 길, 그 너머에 비로소 계단 몇 개가 탄천에 발을 담그고 있다.

남생이에게 얼마나 먼 길일까, 나는 고개를 갸웃거린다.

오른손으로 남생이의 등껍질을 집어 올린다. 남생이의 뒷발질이 내 손가락을 간질인다.

남생이는 잔디 위를, 사람이 다니는 길 위를, 무릎까지 자란 풀 위를, 또 다른 보행로 위를, 탄천에 다리를 박고 있는 계단까지 부양된다. 이제 남생이는 낮게 나른다.

"찰방~"

소리와 파문은 잠시이고, 남생이도 이내 물속으로 사라진다.

자운영

"7은 누구와 놀아야 9가 되지?"

동생은 어설프게 웃으며 손가락 두 개를 폈다. 그리고 내 마음을 알고 있다는 듯 작은 목소리로 말했다.

"오빠, 공부 열심히 할게."

나는 고개를 크게 끄덕였다. 동생은 머리를 들어 나를 향하고 내 손을 잡으려 내밀던 손을 멈칫하더니 천천히 내렸다.

"언제 와?"

"가봐야 알지."

동생은 머리를 숙이고, 출렁거린 머리가 얼굴을 가렸다. 눈물을 참고 있음이 틀림없었다. 어머니가 억눌린 듯한 목소리로 한마디를 풀어놓았다.

"배곯지 말구."

다른 사람과 다투면 내가 먼저 힘들고, 다른 사람에게 눈총을 받으면 내 일이 잘 되지 않는다고, 어머니는 항상 말했다. 어린 내가 타지에서 겪어야 할 일을 걱정했다. 평생 한 번도 도시 생활을 해보지 못한 어머니, 성왕산 감천사에 불공을 드리며 기원하는 마음과 같았다.

"네. 다른 사람들의 맘에 들게 하고요."

천천히 걷다 뒤를 돌아보니, 어머니와 동생은 논둑에 나란히 서 있었다. 논은 논과 이어지고, 논마다 자운영이 지천으로 피어 있었다. 둘은 말이 없었고, 멀리 앞산을 바라보아, 지금 떠나는 내가 돌아올 날을 벌써 기다리는 모습처럼 보였다. 작은 언덕을 따라가다 굽잇길에서 다시 뒤돌아보니 둘은 여전히 그대로 서 있었다. 표정이 보이지 않아서인지 맥이 풀린 듯 보였다. 마치 내가 떠남으로써 둘에게 있던 중요한 무언가가 사라지기라도 한 듯.

신작로에 올라섰다. 다시 되돌아보았다. 자운영의 붉고 빨간 아지랑이 속에 목각 인형 두 개가 희미했다. 자세히 보려 하나 자운영 구름이 점점 깊어져 보이지 않았다. 어머니의 눈은 무연히 자운영 논을 서성이고, 동생의 눈에는 눈물이 그렁그렁할 거라는 것을 나는 알았다.

이제는 어쩔 수 없이 신작로를 따라 앞으로 가야 했다. 앞만 보아야 했다. '칫!' 소리가 입에서 튀어나왔다. 되돌아서고 신작로에 있는 돌멩이를 발로 툭 건드렸다. 돌멩이가 굴러가며 소리를 내다 이내 멈췄다. 사위가 조용했다. 어디선가 닭 울음소리가 아스라이 들렸다.

인생 멘토

며칠 전, 문자를 받았다.

'인생의 교훈'이라며, 사람이 살아가는 데 피할 수 없는 운명 같은 경우를, 이것저것 늘어놓고 있었다. 사람이 살아가는 데는 발판, 합작이, 통로, 이해, 심리상태가, 선천성이 중요하다는 것을 예를 들어 설명하고 있었다. 읽어도 그만 읽지 않아도 그만인 내용인 듯했는데 눈에 띄는 내용이 있었다.

그중에서

'어떤 이는 파리를 따라갔더니 화장실이, 다른 이는 꿀벌을 따라갔더니 꽃밭이, 또 다른 이는 부자를 따라갔더니 돈더미에, 마지막 이는 거지를 따라갔더니 쓰레기 더미에 있었습니다.'

라며 덧붙였다.

'현실 사회에서는 누구와 함께하느냐가 매우 중요합니다. 부지런한 자와 함께하면 게을러지지 않고, 적극적인 자와 함께하면 의기소침해지지 않습니다. 지혜로운 자와 함께하면 두드러진 삶을 살고, 고상한 자와 함께하면 나는 어느덧 정상으로 인도됩니다.'

우리 둘은 문자를 주고받는다.

'그러니까, 기름집에서 일하면 자신의 몸에서 고소한 냄새가 나고, 생선 좌판을 놓고 일하면 비린내가 나고, 연탄 집에서 일하면 어쩔 수 없이 새까매지고, 수복(守僕)으로 일하면 몸에 냄새가 배고.'

'수복이 뭐야?'

'조선시대, 능 원 서원에서 분뇨, 오물을 청소하던 사람. 가장 천한 사람.'

'그딴 말 쓰지 말고. 똥 퍼.'

문자가 들어오지 않았다. 이제 문을 닫으려는 모양이지 하면서 나도 조용히 물러났다.

한참 후, 핸드폰에 '까똑 까똑' 소리가 밀고 들어왔다. 작정하고 쓴 모양이었다.

'사람은 자신이 좋아하는 것을 성취하기 위해 어렸을 때부터, 그 분야에 뛰어난 사람을 졸졸 따라다닌다. 시인, 소설가가 그렇지. 피아노 연주자, 무용수, 화가는 물론 운동선수들도 누군가를 멘토로 삼아 매일 연습하고, 이 연습을 습관화하여 몸에 배게 하는 거야. 일단 습관화하고 한 단계씩 올라가야 뛰어난 성과를 얻어내는 것이지. 습관화시키지 못한 행위로는 도저히 넘볼 수 없는 경지야.'

나도 그의 생각에 쉽게 따른다.

'도자기를 굽는 사람, 글자를 나무에 새기는 사람, 수십 년 동안 빵을 굽는 사람, 날렵하고 노련하게 회를 치는 사람, 이런 사람들도 자신의 행위에 습관화된 것이겠지.'

김후곤 수필집

'어쭈, 그럴듯해.'

나는 딴지를 건다.

'몽둥이를 휘두르며 조폭을 따르는 애들, 그럴듯한 목소리로 가상 계좌로 돈을 부치게 만드는 보이스피싱 애들은 왜 그렇게 된 거야?'

금방 문자가 들어왔다.

'올바른 멘토를 만나지 못했고, 오랫동안 일상생활이 불규칙해서 일 거야.'

하늘 끝에서의 대화

'책, 사보고 싶어요. 어디서 살 수 있나요?'

'교보. 자세한 것은 출판사에 알아봐야 해.'

'우와!'

'수필집은 읽는 사람 없대. 팔리지 않는다는 뜻!'

'책으로 만들어 낸 거, 그게 중요하죠.'

'그렇게 멋지기만 한 거는 아니야.'

'아뇨! 정말 멋져요!'

런던과 분당이 주고받은 문자다.

분당은 두 번째 책이 만들어져, 내일 택배로 온다는 설렘과 기쁨을 두 손으로 꼭꼭 다져 눌러 놓고 눙치고 있다. 그런 설렘, 기쁨을 저 우물 깊은 곳에 숨겨놓는다.

런던은 분당이 듣고 싶은 이야기를 잘도 종알거린다. 분당의 숨은 가빠지고, 가슴은 부풀어 올라, 서울이 비좁아 분당까지 온 모양새가 제대로 갖추어진다.

이어지는 문자.

김후곤 수필집

'근데, 저 다라이에 담긴 컴컴한 것, 뭐예요?'

조금 전에 찍어 보낸 사진 한 컷을 보고 궁금한 모양이다. 컴컴한 것이 아니라 검붉은 것이 다라이에 수북이 담겨있다.

'다라이⋯, 표준어로 뭐라 해야 하죠? 외국 생활 오래 하다 보니, 진짜, 단어 까먹어요.'

'갓, 적갓. 양념과 버무려 배춧속에 넣어.'

'오호!'

'나도 다라이, 다라라고 쓰고 있어. 생뚱맞게 표준어는 대야!'

'아, 대야.'

런던과 분당은 참 멀다. 지난 여름 발칸반도에 가서 런던과 통화했다.

"발칸까지 오셨는데⋯. 보고 싶어요."

"나도!"

같은 유럽에서 통화하고 있는데 분당을 볼 수 없는 안타까워하는 마음이 런던의 말 속에 들어있다. 발칸까지 가면 누군가 런던에서 내가 있는 곳으로 와, 점심 정도는 대접하지 않을까 하는 뜬금없는 기대가 똬리를 틀고 있었다. 열두 시간 정도 비행기를 타고 갔으니 얼마나 멀리 갔는가 하는 거리감에서 생긴 마음이었을 것이다. 발칸에서 런던까지 세 시간 비행을 해야 하는 그 거리를 분당은 참 가깝다 생각한 것이 틀림없다.

세상의 넓음을 가늠하지 못하는 속 좁은 분당이다.

삼시충(三尸蟲)

식사 자리가 한참 무르익는다. 친구가 말한다.

"인사동에서 세 개의 원숭이 조각상을 보았어. 한 개는 눈 가리고, 또 하나는 입을 틀어막고, 나머지는 귀를 막고 있더라니까. 혼자 슬쩍 웃었어."

앞자리에 있던, 술과 담배에 찌든 목소리, '냄비' 긁어대는 소리다.

"아, 그거! 시집간 며느리, 삼 년은 귀머거리, 삼 년은 벙어리, 또 삼 년은 봉사로 지내라는 뜻이야. 며느리가 시집살이에서 가져야 할 몸가짐이지."

나도 한 마디 건넨다. 흠흠 하는 듯 점잖은 듯, 몸가짐을 조신하게 세운다.

"『논어』에서는…. '예가 아니면 보지를 말고, 듣지도 말며, 말하지도 말라'라는 구절에서 나왔어. 원숭이는 우리 자신이고. 천지에 예가 아닌 것이 가득한 데, 실천하기는 너무 어려워. 머리를 주억거리게 하는 구절로만 남아있는 경우라고 할 수 있어."

처음 말을 튼 친구는 그럴 줄 알았다는 듯 고개를 끄덕인다. 잘 들

김후곤 수필집

어 하는 듯 차분하게 입을 연다.

"우리 각자의 몸에 삼시충(三尸蟲)이란 놈이 한 마리 들어있대. 이 놈은 몸속에서 주인이 하는 일, 특히 저지른 죄를 장부에 기록해 두었다가 주인이 죽은 후 옥황상제에게 그간의 죄상을 낱낱이 고해바친다는구먼. 그렇게 해서 죄에 해당하는 만큼의 벌을 받는 것이고."

우리 둘은 처음 듣는 소리에 귀를 기울인다. 잠시 뜸을 들이던 친구가 말을 잇는다.

"삼시충을 잔나비로 생각했고. 원숭이는 삼시충이지. 사람들은 자신의 잘못된 행동을 삼시충이 보지도 듣지도 말하지도 못하게 원천봉쇄하기로 작정하고 그 모습을 형상화했다는 거야."

냄비 긁어대는 목소리에 무게가 실린다.

"인간이 하는 일은 언제나 놀라울 따름이지. 신을 속이려는 짓이군."

내 머리 속에서 스멀스멀 피어오르는, 엉뚱한 상념을 말하려 하다 입을 다문다. 잔을 들어 술을 입에 털어 넣고 우물거린다.

'새까만 안경을 쓰고 다니는 사람은 무엇을 보지 않으려 하는가. 이어폰을 끼고 멍하니 앉아있는 사람들이 듣기 싫어하는 소리는 무엇일까. 말해서는 안 될 어떤 금기가 있어 마스크를 써야 하는지.'

주인, 스스로 보지도 듣지도 말하려 하지 않는다.

귀뚜라미 소리를 듣다

텃밭에서 올려다보는 봉우리 사이 여명의 기운은 저 너머에서 밀려드는 햇살로 슬며시 자취를 감춘다.

언뜻 귀뚜라미 소리가 들린다. 소리와 함께 서늘한 바람이 슬쩍 내 몸을 건드리며 휘돌아나간다. 나는 작은 진저리로 몸을 추스른다. 일순 몸은 가벼워지고 머리는 상쾌해진다. 소리와 바람이 나를 일깨운다.

'벌써? 아니, 이제 끝나는가?'

장마는 길었다.

텃밭의 채소들은 끊임없이 쏟아붓는 물 폭탄으로, 폭염에 아이스크림이 녹아내리듯 물러져 흐물댔다. 뿌리조차 견뎌내지 못했다. 돋아나 힘차게 자라던 우듬지의 작은 줄기들은 무거운 빗물로 맥없이 툭툭 떨어져 도로의 바닥에 이리저리 뒹굴며 쓰레기가 되었다. 황금빛 얼굴로 해를 좇던 해바라기는 마귀의 장난인 듯 새카맣게 썩고 있었다.

태풍이 연달아 왔다.

텃밭으로 올라가는 길, '자동차는 다닐 수 없어'라는 듯, 태풍이 할 퀴고 지나가면서 도랑이 움푹했다. 걷기에도 신체의 균형을 잡으려면 조심해야 했다. 태풍이 일으킨 쓰나미로 해안가 주택과 시장은 쓰레기 더미가 되었다. 울릉도, 방파제 테트라포드(약 40t의 무게)가 파도에 밀려 일주도로 터널 입구를 세 발로 버티고 있었다. 마치 터널이 무너지는 것을 막아보겠다는 듯이.

장마, 태풍! 이것들은 코로나의 부분집합일 뿐이었다.

코로나는 길고 무겁고 음울하고 끈질기게 우리들의 일상생활을 검은 장막으로 꼭꼭 덮고 있다. 누군가 말한다.

"사람 사는 게, 사는 게 아니야!"

이 아침, 먼 산은 아늑하고, 잦은 비에 산의 우거짐은 더욱 푸르다. 바람이 불어 숲은 우우우~ 쏴아아~ 소리에 너울대며 춤을 춘다. 빠르게 흐르는 구름 사이로 햇빛이 슬쩍슬쩍 얼굴을 내민다. 텃밭 너머 골짜기에 흐르는 물소리는 힘차고 끊임없이 재잘댄다. 귀뚜라미 소리, 서늘한 바람을 이끄는 자연은 그대로이고 변함없다.

이를 바라보는 내 몸은 가볍고 마음은 상쾌해진다.

그저

일간지, '자연과 문화'라는 주제로 매주 수요일에 연재되는 칼럼을 들여다본다. 항상 그렇듯이 문장이 자연스럽고 글의 내용이 정연하다. 몇 년째 읽어오는 칼럼이다. 우연히, 그야말로 아주 우연히, 이 글의 댓글을 읽는다. 첫 줄을 읽고 나는 깜짝 놀란다.

'이 사람, 칼럼을 그만 게재하기 바람.'

"아니. 왜? 이 칼럼을!"

댓글은 이어진다.

'아직도 연재되길래 혹 나아졌나 들여다보았다. 역시다. 전개 방식이나 구성적 측면, 결론을 보아도 개똥철학이다. 나라가 누란의 위기에 있는데, 자다가 봉창 두드리는 소리나 함! 특히 오늘은 〈그저〉를 마구 쓰고 있다. 아무 뜻도 없는 〈그저〉를 일곱 번이나 쓰고 있다. 〈그저〉 그냥! 도무지 수준이 안된다. 독자로서 지면이 아깝다!'

나는 내 글에 대한 독설이라도 되는 듯, 순식간에 머릿속이 하얘졌다.

김후곤 수필집

자전거로 전국을 일주하는 부부가 있다. 주말이면 강촌으로, 춘천으로. 호수 근처에 자전거를 세워놓고, 가지고 온 도시락을 펴놓고 음료수를 마신다. 부인이 말한다.

"경치 좋은 곳에 닿으면, 계획 없이 그저 이렇게 앉아 쉬었다 간다. 그저 이렇게 쉰다."

신석정 시인의 '대바람 소리'를 소개하는 글을 읽는다. '좁은 서실을 무료히 거닐다/ 앉았다/ 누웠다/ 잠들다 깨어보면/ 그저 그런 날을…' 종일 무료하게 서성이다 앉았다 책 보다 지쳐 누웠다, 잠들다 깨어나도 바뀔 것 하나 없는 고인 시간을 시인은 '그저 그런 날'이라 썼다. 이렇게 살아도 자잘한 세상 근심 간 곳 없어진다.

『모래의 여자』(아베 코보)에는 이런 장면이 나온다.

'그저, 밖에서 아이들이 길가에서 돌차기를 하며 놀고 있어도 전혀 어색하지 않을 평소와 다름없는 세계가 있어, 때가 오면 또 어느 때와 다름없이 날이 밝다는 것을 알리고 있었다.'

나는 '그저'라는 말을 자주 쓴다.

이 말 속에서는 상대를 깊이 파악해 내려는 당위를 따져 보지 않는, 이유를 낱낱이 설명하지 않는 마음의 상태를 엿볼 수 있다. 생각이나 조건 없이, 있는 그대로를 보는 마음이다. '그저' 속에는 이해에 앞서 타인을 온전히 받아들이는 삶의 진실이 들어있다.

그저 빈둥빈둥 일상생활을 이어가며, 잡담과 호기심에 사로잡혀 자기의 삶을 직시하지 못하고, 그저 되는 대로 살아가기도 한다.

코로나 골프

그린 주변에 갤러리가 보이지 않는다. 드문드문 몇 명이 보인다. 경기 요원은 홀 주변이나 공이 떨어질 만한 곳에 배치되어 있다. 멀리 7번 홀 소나무 아래 현수막이 조용하다.

'Welcome to paradise, LPGA'

페어웨이와 그린 주변은 호수가 많다. 갤러리는 배 위에 있는 사람들만 보인다. 고무제품의 납작한 보트에 보이는 사람은 말이 없고, 노도 조용하다. 수상 제트 보트의 남자, 혼자 우뚝 서 있고, 구명조끼가 파랗다. 빨간색 유람선의 키잡이와 옆에 선 남자, 골프 코스를 향해 앉아있는 두 여자는 기우뚱거리는 선체의 움직임에 몸을 맡기고, 날아가는 공, 구르는 공을 여유롭게 바라본다.

배는 그 골프공을 따라 슬슬 움직인다. 17번 홀 주위에는 20~30여 대의 배가 조용히 미끄러지듯이 모인다. 카메라맨도 배 위에서 흔들리며 공과 골퍼의 움직임을 촬영한다. 윙윙거리는 기계소음만이 크게 들린다. 함성이나 환호가 없다. 해설자가 무관중 골프대회 관전 포인

트를 설명한다.

"캐디의 역할이 중요할 거란 생각입니다."

소리 없는 필드에서의 플레이, 선수들은 무기력감을 느끼기도 한 단다. 그린 적중률, 티샷 정확도가 높은 데에서 오는 희열감이나 성취 감이 느껴지지 않는다. 해설자가 주문한다.

"자신의 경기에만 열중해야 한다구요."

홀을 감싸고 있는 물, 살랑살랑 댄다. 배는 흔들흔들, 갤러리는 건 들건들.

공이 홀컵에 빨려 들어가고, 선수는 주먹을 힘껏 쥐어 하늘을 두드 린다. 한 타 차로 선두를 바짝 추격하는 버디가 된다. 호수, 보트와 배, 배 위의 갤러리들이 일제히 박수를 친다. 환호가 터져 나온다. 홀 가 까이 있는 작은 보트, 주위 함성에 아랑곳하지 않고 자신의 무릎 위에 올려놓은 책장을 천천히 넘기는 여자가 보인다.

뭍에서 몇 명 되지 않는 갤러리가 한 줄로, 마지막 홀로 선수들을 따라간다. 물에서는 배들이 꽁무니에 흰 거품을 살살 일으키며 뭍의 갤러리 걸음걸이에 보조를 맞춘다. 18번째 홀 주변에 있던 50여 척의 배들이 우승한 선수를 위해 경적을 울린다.

"빵 빠아앙! 삐삐빅! 와와!"

골프에서는 노력과 능력이 무력하게 보일 때가 있다.

모란장

전철 출구를 나선다. 하마 입처럼 크게 벌리고 있는 출구에는 막 올라온 사람과 내려가려는 사람들로 북적인다. 서로 조금씩 부딪치며 앞으로 나아간다.

젊은이는 드물다. 모두 노인이냐 하면 그렇지만은 않다.

김이 몽실몽실 피어오르는 옥수수를 비닐봉지에 두 개씩 넣고 돌돌 말아 쌓아놓으며 "천 원!"이라 소리친다. 금방 보이지 않는 김 속에 옥수수의 구수함이 함께 떠돈다. 그 옆에는 무슨 모시송편 하며 이도 천 원이란다. 어렸을 때 모시떡을 먹어본 기억이 있나. 없다.

행동거지가 굼뜬 노인네가 담배를 검지와 엄지로 꼬부려 잡고 연신 연기를 내뿜는다. '내가 할 수 있는 일이란 오직 담배 피우는 일이야'라는 듯 어슬렁거리며 열심히 빨아댄다. 양볼이 쏘옥 들어가는 모습에서 궁기가 보인다. 지나가던 할머니 "이 영감탱이야!" 연기를 흐트러뜨리며 손사래를 친다.

꾀죄죄한 '佛福' 종이상자 뒤에 상자만큼이나 후줄근한 스님 옷에 밀림 모자를 쓴 중이 목탁을 두드리며 알아들을 수 없는 중얼거림으로 복을 불러 기원한다. 옆에서 기웃거리던 말라깽이 노인이 상자 앞에 아둔한 걸음을 부린다. 말라깽이는 주머니에서 두 번 접힌 천 원짜리 한 장, 그리고 또 한 장을 '佛福'함에 넣는다. 중의 알아들을 수 없는 중얼거림에 생기가 묻어나고 목탁은 경쾌해진다. 중과 노인은 서로를 향해 합장한다.

접혀진 종이상자가 차곡차곡 쟁여 있는 리어카를, 허리 굽은 할매가 손잡이에 매달려 이리저리 밀고 나간다. 리어카가 할매를 끌고 가는 모양새다. 리어카가 지나는 사람들의 허벅지를 건드린다. 허벅지를 쓰윽 문지르는 사람, 할매, 이들은 무심히 지나친다.

삭정이 같은 손을 맞잡은 늙은 부부가 버둥대다 감, 사과 더미를 밀친다. 사과와 감이 무너져 길에 흩어진다. 삭정이 부부는 멀거니 쳐다보고, 과일장수는 바쁠 것, 아쉬울 것 없다는 듯, 말없이 얼른얼른 감과 사과를 주워 올린다.

장터 깊은 곳에서 각설이 타령이 들려온다.

"작년에 왔던 각설이~."

"골라, 골라!"

소리는 더 가깝다.

소란스러움, 이런 어지러움이 좋을 때가 있다. 모란장이다.

호미

집 앞에 감나무 한 그루가 있다.

아파트의 역사와 함께하니 30년이 넘었다. 처음 이식하던 해에도 감이 열렸을 것이다. 열리지 않는 어린 감나무를 심었을 리가 없다. 이렇게 산술적으로 계산해보니 적어도 40년이 된다. 감나무는 한줄기 나무로 자란다. 원줄기가 하나이고 허리 높이에서 줄기가 두 개로 나누어지고, 곧 오른쪽의 줄기는 머리 높이에서 다시 두 곁가지를 친다. 이렇게 세 줄기가 뻗어나가 그 위에서 여러 줄기로 나뉘어 자란다. 수십 년이 된 감나무는, 튼튼한 모양을 갖추었고 잎이 가득할 때의 전체적인 느낌은 둥글다.

나뭇잎이 다 떨어지고 하얀 무서리가 내리던 때, 머리 높이의 감나무 곁가지 사이에 호미 한 자루가 걸쳐있다. 보는 각도를 달리하면 감나무 가지 사이에 호미가 끼어있는 것처럼 보이기도 한다. 언제 누가 여기에 호미를 걸어놓았는지 확인되지 않는다.

온라인 쇼핑몰인 '아마존'의 호미 주문을 받은 영주 대장간 주인이

김후곤 수필집

말한다.

"아마존에는 여자가 많다던데, 그 밀림에서도 호미를 써?"

호미에 대한 선전 문구가 함께 보였다.

'텃밭 가꾸기에 더할 나위 없는 도구다.'

'이건 반드시 사야 해.'

'잘 만들었다. 튼튼하며, 사용하기 편리하다.'

우리 대장간에서 만든 호미가 널리 팔린다.

호미, 얇은 날로는 잡초를 베고, 두꺼운 날로는 고랑을 판다. 질긴 잡초를 베려면 날카로워야 하고, 고랑을 파려면 돌에 부딪쳐도 깨지지 않을 만큼 단단해야 한다. 영주 대장간에서 만든 호미는 날이 안쪽으로 절묘하게 휘어져 있다. 사용자가 손목을 구부리지 않고 적은 힘으로도 땅을 일굴 수 있다.

베트남 전쟁에서 미국은 여러 상처를 안고 쓸쓸히 물러났다. 막강한 첨단 무기와 어마어마한 전쟁 물자를 실어 날랐어도 패퇴한 전쟁이었다. 월맹군은 터널을 따라 이동했다. 밀림에서 대나무숲에서 농가의 뒤뜰에서 불쑥불쑥 튀어나왔다. 이렇게 출몰하는 월맹군은 미군의 큰 골칫거리였다. 이들을 찾아내기 위해 소이탄, 화염방사기, 그리고 우리에게도 후유증을 남겨준 고엽제를 뿌려댔다. 미군은 터널을 찾아냈는데 극히 일부였다. 밀림 땅 속에 그 모습을 감추고 있었다. 이 터널이 구찌 터널이다.

총길이 250km, 3m 깊이가 있는가 하면 10m 깊이로도 터널을 뚫었다. 사람 한 명이 겨우 다닐 정도의 크기도 있다. 이곳에 숙소 부엌 침실 회의실 무기창고 병원 극장까지 갖추었다. 50t 무게의 탱크가 지나가도 끄떡없다. 이 터널을 판 도구는 달랑 호미 하나였다.

한 달여가 지나도 감나무 가지 사이에 걸어진 호미는 여전히 그대로다.

필요할 때, 눈 밝히고 찾아 사용하고 용도 폐기한 경우인가. 내년을 준비하기 위해 감나무에 걸어놓았을까.

텃밭의 최 사장, 사용한 호미를 언제나 깨끗이 씻어 보관한다.

그러면서 이렇게 중얼거린다.

"사용한 호미에 대한 예절이지 뭔가요?"

혼돈

신용카드를 내밀면서

"얼마죠?"

"30,000원인데요."

주인 여자가 받은 신용카드를 단말기에 죽 자신 있게, 긋는다.

"잠깐요."

단말기 밑에까지 완전히 지나친 신용카드를 주춤하니 들고, 정종 대포집 여주인은 신용카드를 건네준 여자를 바라본다.

"왜, 30,000원이죠? 그렇지 않을 텐데요."

"맥주 4병에 16,000원, 떡구이 3,000원, 마늘과 버섯구이 6,000원, 은행구이 4,000원… 어머, 29,000원이네요. 미안해요. 29,000원으로 다시 할게요."

"그래요. 천 원이면 어딘데…"

삐리링 삐리링 소리가 나고 카드 주인인 여자의 핸드폰이 울린다. 핸드폰의 겉을 위로 올리고 능숙한 모습으로 귀에 댄다. 군더더기가 보이지 않는 행동이다.

"뭐라구! 어디가 잘못되어 있대? 뭐! 뇨도가 막혔다구. 왜? 안되겠다. 의사 선생님 바꿔!"

여자의 다문 입에 몇 가닥의 주름살이 잡혀 있다. 귀에는 핸드폰이 밀착되어 있다. 저쪽에서는 처음 전화를 건 사람이 의사 선생님에게 핸드폰을 건네어 주고 있겠지.

"선생님이세요? 우리 '버터 플라이'! 어디가 아픈데요?

"…"

"오줌관이 잘못되어 있다구요! 그러면 오줌을 눌 수 없다는 거예요!"

"…"

"약으로 치료할 수는 없나요?"

"…"

"아, 삼 일, 길어야 일주일 정도 견딜 수 있다구요? 오줌을 배설하지 못하면 갑작스럽게 불행을 겪을 수 있다구요! …그럼 수술해야죠. 당장 시작하세요. 그리고 제 아들 바꿔 주세요."

여자는 또 말을 멈추고, 의사 선생님의 손에 들어있던 핸드폰이 자기 아들의 귀에 옮겨질 때까지 기다린다. 이윽고,

"얘, 주노야. 의사 선생님이 '버터 플라이'를 깨끗이 고쳐주신대. 그만 울구."

"…"

"수술비는 걱정하지 마. 그까짓 일천만 원 정도는 아무렇지도 않단
다. 천오백만 원이 들어도 네가 그렇게 사랑하는 고양이를 죽게 놔두
어서 되겠니? 알았지!"

3부

—

날마다
부는 바람

잿빛 늑대는 군데군데 빠진 이를 들어내고 씩
웃었다. 말했다.

"검은 염소들은 한 마리가 잡아 먹히면 그놈
이 왜 잡아먹혔는지 알아내느라 대항할 생각을
못할 거야. 뿔이 굽어서 먹혔는지, 다리가 짧아서
먹혔는지, 암놈이라서, 아니면 수놈이라서 먹혔
는지 머리를 싸매고 고민을 하겠지. 스스로 먹힐
만한 이유가 있어서 잡아 먹히는 거라고 여기는
놈들을 사냥하는 건 식은 죽 먹기라."

—『지금은 없는 이야기』(최규석)에서

선재길

    '오대산 상원사'라고 조각된 커다란 표지석 앞에서 기념사진을 찍는다. 선생님 주위에 회원들이 옹송거리고 저편에는 듬성하다. 찍는 사람의 주문과 찍히는 사람의 두런거림이 표지석 주위에 웅성거린다. 우리의 '창'이 비스듬히 쓴 모자로, 어슬렁거리며 표지석 앞에 나타난다. 핸드폰 옆으로 간다.

    "옆에 안 나와. 거기, 상원사 글자가 안 보이잖아."

    듬성한 곳에서 누군가가 말한다.

    "아, 감독 그만하고, 빨리 이쪽으로 와요!"

    상원사, 몇 년 만인가. 이십 년은 됐을걸. 동종의 용뉴(龍鈕)와 비천상(飛天像).

    사진을 찍고 비탈길로 한 발 들어선다. 순간, 숲의 냄새가 훅 끼친다. 이건 냄새가 아니라 향기다. 입이 저절로 벌어지고 나는 두 번 세 번 거푸 심호흡을 한다. 입구 왼쪽에 세조가 관대를 벗어 걸어놓았던 관대석, 그 옆으로 우리나라에서 보기 드문 잎갈나무가 커다랗다. 몇 걸음 위에 오대산의 좌장이라 한다는 전나무가 아름드리로 서 있다.

미국 요세미티 공원에 보내도 전혀 밀리지 않을 덩치와 수려함을 보인다. 전나무의 우듬지를 보려 고개를 바짝 젖힌다. 그래도 보이지 않는다. 나는 잠시 어지럼증을 느낀다.

천천히 '번뇌가 사라지는 길'을 오른다. 나는 중얼거린다. '제발 그렇게 해 주십시오'. 비탈이 심하고 계단은 어김없이 급하다. 에둘러 오르는 평탄한 길이 보인다. 만화루(萬化樓)를 지나 경내로 들어서자마자 급한 계단이다. 계단을 오르니 오색 연등으로 둘러싸인 오대오층보탑(五臺五層寶塔)이 바로 눈앞이다. 예전에는 볼 수 없었다. 그 뒤로 문수전(文殊殿)이다. 슬쩍 왼쪽을 바라보니 황금빛 봉황을 머리에 얹은 당간이 새롭다. 일행은 딱히 보려고 하는 것이 없는 몸짓으로 이곳저곳을 훑어보는 모양새다. 문수전 앞에서 말들이 오간다.

"저 길, 경사가 덜한 길. 선생님도 쉽게 오를 수 있을 텐데."

"그러게. 누가 가파른 계단으로 이끈 거야?"

나는 생각한다. '누군 누구야. 문수보살이지.'

나는 문수전에서 돌아선다. 상원사 계곡이 한눈에 내려다보인다. 동종비각으로 몇 계단 내려간다. 현존하는 가장 오래된 동종이다. 동종은 유리 상자 속에서 고즈넉하다. 용이 발톱으로 종을 부여잡은 용뉴(龍紐), 소리를 공명시킨다는 음통(音筒)은 잘 보이지 않는다. 눈으로 확인할 수 있는 비천상(飛天像)을 들여다보나 유리 상자의 빛의 굴절로 선명하지 않다. 동종 오른쪽에 복제품이 걸려있다. 당목(撞木)은 사슬로 한쪽에 비딱하게 단단히 묶여있다. 누군가가 자꾸 동당거렸음이 틀림없다. 터엉 터엉 소리를 내어 자신의 번뇌를, 듣는 이들의 번

뇌가 사라지기를 바랐을까. 동종 왼쪽에는 커다란 비석이 세워져 있고, 앞과 뒤에 비천상이 조각되어 있다. 동종의 비천상보다 크고 또렷하다. 비천상, 햇빛이 비스듬히 비추어지는 시간이라 음영이 또렷하다. 악기를 연주하며 하늘에서 날아내리는 모습으로, 유연한 신체와 흩날리는 천의(天衣)가 경쾌하고 아름답다. 볼록한 두 뺨은 천상의 노래를 감춘 듯 도도록하다.

나는 눈을 감고 돌을새김 된 비천상을, 점자를 읽듯 쓸어내린다. 무디고 늙은 손가락은 부드러운 선을, 아름다움을 읽어내지 못한다.

다시 주차장이다. 일행은 '선재길'과 '전나무숲길'로 나뉜다. 선재길, 보통은 월정사에서 상원사 입구까지 오른다. 우리들은 경사가 완만한 하행길로 꾸준히 내려가야 한다. '오대산의 천 년 숲, 치열한 구도의 길', 하이델베르크의 '철학자의 길'이 여기에 비할까. 이정표는 '상원사에서 월정사까지 9km' '화전민터, 섶다리, 회사거리, 일제강점기제재소터'가 표시되어있는 지도를 가슴에 안고 있다. 나는 선재길을 따른다. 오랜만의 산행이다. 조금은 무리일 거라는 생각이 든다. 또 내 건강을 걱정해주는 '창'의 말이 들리는 듯해 선택한 선재길이다. '창'은 비닐봉지를 들고 있다.

"뭔데?"

"조난에 대비하는 거지. 떡 한 덩이, 비스킷, 물 한 병! 이거면 이틀은 견딜 수 있어."

열 명 정도가 선재길로 들어선다. 젊은이들, 사실 그렇게 젊지도 않

은 네 명은 선재길로 들어서자마자 '횡-' 하는 소리로 앞장서더니, 산
행길에서 이들을 끝내 함께하지 못한다. 두 명은 그 뒤를 따르고, '창',
윤, 황, 나, 넷은 앞서거니 뒤서거니 하며 처진다. 평생을 산에 올랐
다는 '창'의 속보를 내가 따를 수 있을까. 꾸준히 걸으면, 세 시간 정
도는 견딜 수 있을 거야. 한 시간 반 정도의 걷기는 탄천에서 익힌 리
듬이다.

앞서가는 두 사람이 이내 단풍에 가려지고 점차 단풍이 되어 보이
지 않는다. 잠시 후 이들이 언뜻 보이다 사라진다. 이번에는 푸른 나
무숲으로 걸어 들어가 푸르게 변한다. 나무와 사람이 하나가 된다. 윤
과 황은 '창'과 나보다 훨씬 젊다. 젊음은 때로 힘이 된다. 우리 둘을
위해 걸음을 재촉하지 않는다. 우리의 속도로 뒤따른다. 윤은 계곡을
핸드폰에 담느라 자연스레 우리를 편안하게 한다. '창'이 오히려 나를
걱정한다.

"파김치야?"

선재길은 계곡의 이쪽저쪽을 오가며 이어진다. 우리는 어느 곳에
서는 한 줄로 이어지기도 하고, 발밑만 보다가 잠깐 주위 풍광을 바라
보는 사이, 혼자가 되기도 한다. 앞으로도 뒤로도 사람이 보이지 않는
다. 귀를 크게 열면 들리는 건 물소리뿐이다. 손 귀를 만들고 고개를
숙이니 바람 소리가 희미하다. 데크를 깔아놓은 길과 그 위의 낙엽,
보송보송한 흙길, 빗물에 씻겨 뾰족한 돌과 꼭 밟아야 하는 듯한 넓적
한 바위, 물이 스며들어 질척거리는 길, 사람의 힘으로 만들어진 돌계
단, 생긴 모습 그대로의 바위 계단이 번갈아, 앞에서 들어오고 내 뒤

로 물러난다. 다리 한가운데에서 잠시 걸음을 멈추고 숨을 고른다. 눈을 들어 올려다본 봉우리 근처에는 하얀 구름이 파란 하늘에서 서성인다. 빨갛고 노란 나뭇잎, 아직은 아니지 하는 듯 푸른 나무들이 계곡을 들여다보며 우쭐댄다. 너럭바위를 매끄럽게 내닫던 물이 하얀 거품을 물고 깊은 곳에 내리꽂는다. 계곡은 물소리로 가득하다. 이 물소리는 고요함을 대신한다. 몸을 하류 쪽으로 돌리자, 계곡에, 나무에 쏟아지는 햇살이 환하고 서늘하다. 햇빛에 뚫린 단풍이 빛을 발하고, 하늘을 가슴에 담은 물은 하늘보다 더 파랗다. 고목과 어린나무가 서로 어우러진 숲에는 인적이 없다. 나는 상원사 종소리가 들리는 듯해 귀를 기울인다. 몸속 어딘가, 깊은 곳에서 울리는 그 종소리가 내 몸을 서서히 채운다. 터어엉~ 터어엉~

평생을 산에 올랐다고 장담하는 이, 손에 들고 있는 것이 작아도 세 시간의 산행에서는 짐이 되리라 생각한다. 한 시간 정도 걷고 나는 쉬면서 그를 기다린다. 온통 땀투성이인 '창', 그가 들고 있는 비닐봉지를 다짜고짜 낚아챈다. 왜, 하는 소리가 짧다. 비닐봉지는 가벼운 듯 무게가 느껴진다. '창'은 '나, 아직은 건강해'하는 몸짓을 보이며 나를 지나쳐 앞서가더니, 이내 숲속으로 녹아든다.

나무 아래에 까맣게 말라, 앙상하고 가느다란 가지가 길을 따라 이어진다. 무언가 하고 들여다본다. 어쩌다 남은 한두 개의 파란 잎으로 산죽임을 알아챈다. 뒤에서 내 보폭에 발을 맞추는 황에게 말을 건다.

"산죽, 왜 죽었을까?"

내 머릿속에는 '기후 변화'가 희뜩댄다. 좀 뜸을 들이더니 땡글땡글

한 목소리가 내 뒤통수를 친다.

"다 살았으면 죽어야 하지요."

'이 뭣꼬?'

그렇겠지. '문수보살이 주욱 따라다녔구먼. 이제 황의 입으로 말까지 하고.' 둘은 숨죽여 웃는다.

두 시간 정도 걷는다. 아직 3km가 남았다는 이정표 앞에 선다. 나는 탄천에서 걷는 거리를 가늠한다. 40분 정도면 걷는 거리다. 여기는 산길이니, 한 시간은 걸릴 거라 짐작한다. 내 힘에 덜렁대던 비닐봉지, 이제는 내가 비닐봉지에 매달리는 모양새인지, 뒤따라오던 황이 비닐봉지를 슬쩍 잡아당긴다.

"배낭에 넣어요."

"보기는 이래도 무게가 느껴져."

"손이 자유로워야 잘 걷지요. 이런 것 때문에 균형이 무너지기도 하고요."

나는 져준다. 비닐봉지는 배낭 속으로 들어간다.

'이 또한 문수보살의 뜻'. 그렇게 생각한다.

만남의 장소에 내려오기까지 세 시간이 걸렸다. 점심은 맛있었다. 비빔 그릇 속의 작은 나물까지 싹싹 긁어먹었다.

봄이 한창이다

봄이다. 꽃이 피었다.

늙은이, 몸집이 크고 두툼하다. 철도원들이 쓰던 검회색 모자가 비
뚜름하고 넓적한 얼굴에 퉁방울눈이다. 점퍼와 헐렁한 바지는 모두
모자의 색깔과 비슷하다. 급한 걸음으로 들어오고, 경로석에 앉자마
자 다시 일어나 위를 쳐다보고, 천장의 무언가를 살피는 듯 손을 들어
훼훼 저어보고 투덜거리며 거칠게 자리에 앉는다. 여전히 두리번거린
다. '빠작' 소리에 내 시선이 빠르게 따라간다. 비상 전화 상자 뚜껑이
젖혀져 있다. 늙은이는 그 속에 있는 전화기를 급하게 꺼내 귀에 대보
고, 만지작만지작 단추를 눌러보고 무어라 소리 지른다. 저쪽과 통화
가 되지 않는지, 다시 단추를 힘껏 눌러보고 오른손으로 탁탁 쳤다.
다시 귀에 대더니 전화기를 벽에 던지며 씩씩댄다.
　"추워 죽겠네. 스발새끼! 전화도 안 받아."
　불량스러운 말투에 박자를 맞추며 전화기가 덜렁거린다.
　지하와는 달리 지상에는 꽃이 피었다. 한창이다.

젊은이가 벌떡 일어나 옆에 앉아있는 노인 앞에서, 윗몸을 앞으로 기울여 종주먹을 들이대며 소리 지른다.

"야! 너, 사람 잘못 봤어!"

앉아있는 노인은 깜짝 놀라고 황당한 얼굴로 앞에 선 젊은이를 올려본다.

"이 자식아! 네가 뭔데 나보고 이래라 저래라야!"

우물쭈물하더니 잘 들리지 않는 노인의 목소리가 들린다.

"난 그냥. 다리를 좀 내려놓으라고…."

"야! 시발 놈아! 니가 뭔데."

"텔레비에서도 다리 꼬고 앉으면 옆 사람이 불편해한다고. 또 내 바지에 흙이 묻을까 봐."

"뭐, 어쩌고 어째? 이리 나와!"

지하철 안은 조용하다. 아무도 눈길조차 주지 않는다. 나도 마찬가지, 서너 사람 사이로 상황을 흘끔거릴 뿐이었다.

지하철 안의 소란스러움에 아랑곳하지 않고, 그 위 세상에는 꽃들이 폭발하듯 피었다.

봄꽃은 대개 매화 진달래 개나리 목련 벚꽃 순서로 핀다. 매화에서 벚꽃까지 한 달 간격으로 개화 시기의 차례를 지키던 꽃들이 금년에는 일시에 팝콘 터지듯 피어났다. 아파트 주위에도 진달래, 개나리, 벚꽃, 목련, 명자꽃이 순서를 기다리지 않고 피어났다. 아름다움을 뽐내

김후곤 수필집

는 무슨 대회에서 마지막 무대에 모두 나와, 나에게 점수를 더 달라고 교태(?)를 부리는 듯, 한껏 자연의 치장을 한 꽃들이 동네에 나타나 하늘거리고 있다. 처음 보는 풍경으로 기분이 좋다.

탄천 주변은 꽃대궐 단지이다. 젊은 여인이 밀고 나온 유모차가 꽃나무 아래 나란히 줄지었고, 아기의 손을 잡고 꽃 더미 아래에서 환하게 웃는다. 대화는 짧고 매끄럽고, 탄식한다. 핸드폰이 바쁘다. 꽃그늘 속 긴 의자에 두서너 명의 노인들, 꽃은 올려다보지 않고, 가지고 온 간식으로, 소곤소곤 도란도란 주고받는 얘기로 입이 바쁘다. 추위와 고달픔, 외로움은 보이지 않는다. 꽃그늘 속에서 봄을 즐기고 있다! 지나가던 젊은이는 이런 풍경을 놓칠 수는 없다는 듯 이곳저곳을 둘러보고 사진 몇 장 찍고 훌쩍 가던 길을 재촉한다. 꽃움막 속에 누워 책장을 뒤적거리는 여유 있는 자신을 그려보는 모습이 발걸음에 담겨있다. 둘이서 셋이서 꽃 아래를 서성이는 청춘은, 한창인 꽃을 보고, 기분이 좋아지고, 알 수 없이 설레는 마음을 핸드폰에 담아 누군가에게 알리고 싶어 한다. 어쩔 수 없이 지나치는 이, 꽃과 사람으로 북새통인 그곳에 들어가지 못함이 자못 아쉬운 듯 힐끔거린다. 어깨 길에는 자전거가 씽씽 달린다. 더 많은 봄을 보기 위해 두 발로, 온몸으로 빠르게 나아간다. 꽃 길가를 그렇게 달려간다.

봄, 봄이다.

기후가 급격하게 변하고 있는 것은 우리가 살고 있는 지구에 좋지 않은 일이 진행 중이라는 둥, 한꺼번에 피는 꽃으로 벌만 바쁘고 사람에게 유용한 일은 기대치보다 턱없이 떨어진다는 둥, 일만 원짜리 점심이 사라지고 물가가 치솟았다는 둥, 걱정하는 마음을 잠시 내려놓을 만한 봄이다.

봄은 언제 왔는지를 봄도 나도 알지 못한다. 오는 걸 알지 못한 것처럼 어느 날인가 그렇게 훌쩍 가버린다. 가는 날을 알려주지 않는다.

이 봄이 가기 전에 누군가와 더불어 상춘(賞春), 상춘하고 싶다.

선진이와 후진이

"오늘 아침, 모두 굶고 왔겠지?"

선생님이 하얀 회충약을 나누어 준다. 손바닥 안에 놓여있는 두 알을 쳐다보다, 입 속에 집어넣고, 선생님이 건네주는 컵 속의 물을 입에 쏟아붓는다. 입속에서 우물우물하다 목을 크게 뒤로 젖히고, 물이 넘어가는 힘을 이용해 꿀꺽 목 넘김 한다. 물만 넘기고 입속에 남아있는 알약으로 시무룩해진 아이는, 선생님의 지청구를 듣고 다시 물컵을 받아 든다. 드디어 크게 입을 벌려 입안을 보여주고 자기 자리로 돌아간다. 둘째 시간이 되고 아이들이 종알댄다.

"어지러워요. 어지러워. 어지럽다니까!"

머리를 빙빙 돌리기도 한다. 얼굴은 노래지고, 심지어 헛구역질도 보인다. 이런 날은 4교시로 공부를 마친다. 선생님이 말투가 또박또박해진다.

"얼른 집에 가서 밥 먹고, 조금 쉬거라. 그리고 에에… 내일, 똥 누고 나면 회충이 몇 마리 나왔는지 세어봐라. 잘 세어 봐. 알았지?"

후진이네 반 아이들은 알아들었다고 대답한다. 얼굴에 버짐이 하얀 애의 목소리에 장난기가 담겨있다.

"풍덩- 하고 빠지는데 어떻게 세어요?"

"그러니까, 잿간에 가서 일 보라구. 회충이 몇 마리 나왔는지 세어보고, 잿더미 속에 밀어 넣으란 말이야. 알았지?"

"에이, 어떻게 세어요? 더럽게."

이튿날 선생님은 한 아이를 부르고 몇 마리인지 대답하는 마릿수를 장부에 적는다.

"준수."

"예, 다섯 마리 나왔습니다."

교실 안은 놀라움과 안타까움과 꿈틀거리는 회충을 떠올리며, 꽥꽥 지르는 소리에 맞추어 책상을 손바닥으로 치고 발을 구른다.

"후진이."

대답이 시원하다.

"일곱 마리!"

"도일이."

목소리에 주눅이 들어 있다.

"깜빡 잊고 그냥 널판 위에서…."

"알았어. 그러니까…. 에…."

장부에 '6'을 써 놓는다.

후진국에서 태어난 후진이, 그가 중진이를 키웠고, 중진이는 결혼해 나간 지 14년이 되었다. 강물처럼 흐르는 세월은 중진이의 아이, 둘을 중학교에 밀어 넣었다. 둘은 선진이다. 학교에서는 이 둘을 Paul, Ben이라 부른단다. 중진이와 선진이는 일 년에 한두 번 후진이 집에

김후곤 수필집

왁자지껄 떠들며 난민처럼 밀려든다. 선진이 중 하나가 인사한다.

"싸랑해요!"

"뭐?"

"싸랑한다니까요!"

"뭐라는 거야?"

중진이가 함박웃음을 지으며 기분 좋게 끼어든다.

"선진이가 후진이를 사랑한다 하네요."

"아! 사아, 라앙. 사랑!"

반가워하는 몸짓과 탄성이 높고, 팝콘 기계 속처럼 웃음이 터진다. 선진이가 먹고 싶어 한다는 음식, 음료수 과일이 차려지고, 화락만당(龢樂滿堂)*이다.

맥주 몇 잔에 희미하게 떠오르는 취기, 여럿이 함께하는 흐뭇함, 자신에게 쏠리는 관심에 고조된 후진이는 국민학교 시절의 경험을 자연스럽게 말한다.

중진이는 '정말요?'로 추임새를 넣고, 아이들은 입으로 음식을 먹으며 귀로는 말을 먹는다. 후진이의 이야기가 끝나고 잠시, 막 변성하기 시작한 불완전한 중저음의 말투가 낯설다.

"아이들에게요? 구충제는 반려견, 개에게나 주는 거잖아요? 그때 아이들, 개먹이 같은 밥을 먹었나요?"

후진이는 입안 가득한, 하고 싶은 말에 맥주를 천천히 섞어 꿀꺽, 꿀꺽 삼킨다.

화락만당(龢樂滿堂): 즐거움이 집 안에 가득하다.

걸어라

곤지곤지, 잼잼, 지개지개, 도리도리 소리를 들으며 아기는 자란다. 엄마는 아이에게 걷는 법을 익혀주기 위해, 일으켜 세우고 붙들었던 손을 떼면서 아기를 어른다.

"섬마섬마~. 섬마섬마~."

아기는 뱃속에서부터 가져온 믿음으로 엄마의 손에 이끌려 일어선다. 혼자 서는 것에 대한 두려움도 잊고 방싯방싯 웃으며 한 발짝을 내딛으려 온몸을 움찔움찔하나, 마음대로 안 되는지, 울상을 짓다 이내 앵앵대고 털썩 주저앉는 모양새다. 잠깐, 아주 잠깐이지만 아기가 서 있었다는 것에 엄마는 감격한다. 엄마는 손뼉을 쳐 자신의 기쁨을 나타내고, 또 아기를 격려한다.

아기는 걷기를 시작한다. 뒤뚱뒤뚱 걷던 모습은 콩콩거리며 이리저리 돌아다니고, 그러다 투덕투덕 걷는다. 이렇게 자라며 이 아기는 평생을 걷는다.

나는 일주일에 서너 번, 탄천을 따라 한 시간 이상을 걷는다. 운동화를 신기 전에는 항상 귀찮다는 생각이 들지만, 일단 걷기 시작하면 내 신체의 각 부위는 제자리를 찾는다. 발목과 무릎 관절이 부드러워지고 허리마저 반듯해지는 느낌이다. 침침했던 시야도 훤해지며 또렷해진다. 보통 2km 지점을 지나면 이제는 정신까지 맑아져 기분이 좋아진다.

걷다 보면 자연스럽게 이런저런 생각이 떠오르고, 떠오른 생각은 탄천을 따라 흘러가고 상류에서 내려오는 물처럼 또 다른 생각이 밀려든다.

'교사의 훈육을 굴절된 시각으로 바라보아 아동학대라고 뻗대는 사람은 왜 생기지. 칭찬 스티커를 받지 못한 아동의 어머니가, 내 아들이 스티커를 받지 못해 상대적인 박탈감을 느끼고 있다며 이는 정서적 학대라고 주장한다지. 두 아이의 싸움을 말리며 일어난 교사의 신체적 접촉을 신체적 폭행이라 하고. 교사를 상대로 학생의 물리적 폭력, 학부모의 악성 민원, 언어적 폭력이 수시로 일어난다지. 도끼로 학교를 피바다로 만들겠다, 평생 임신하지 말라는 문자도 오르내린다지.'

내 머릿속에 오래 남아있는 생각들이다.

걷기는 내 일상의 행위 중 하나이다. 특히 컨디션이 좋지 않을 때 이 행위를 거치므로 일상을 되찾고 이어간다. 본격적인 나의 걷기는 십여 년을 훨씬 넘었다. 내 행위를 뒷받침한다는 듯, 매스컴과 친구들에게서 걷기의 좋은 점을 자주 듣는다. 내 경험을 말하기도 한다.

지난 7월, TV에서 '맨발 걷기'를 방영하고 있었다. 발은 '제2의 심장'이란다. '맨발로 걸은 후 감기 한 번 걸린 적 없다' '청춘을 되찾았다' '재발성 암을 이겨냈다' '젊은이들처럼 팔팔해졌다' '당뇨 수치가 떨어졌다' '갖가지 질병을 이겨냈다' '무릎 관절이 부드러워졌다'라고 이 프로그램에 등장한 사람들은 말했다. 나는 이 프로그램을 끝까지 시청했고, 맨발로 걸어야겠다는 생각이 꿈틀댔다.

우리 동네에도 작은 공원이 곳곳에 있다. 그중 탄천을 따라 길게 이어져 있는 공원은 걷기에 알맞은 곳이다. 아침에도 오후에도 심지어 한밤중에도 이곳에 가면 어김없이 걷고 있는 사람들을 볼 수 있다. 언제부터인가 보도블록이 깔리지 않은, 나무 사이로 흙길이 났고, 그 길에 맨발로 걷는 사람들이 한둘 늘어나더니 이제는 제법 여럿이 걷고 있다. 나는 호기심이 생기지만 선뜻 운동화를 벗지 못하고 있다. 맨발로 걷는 사람들은 조심스러운 걷기였다.

흙길이다. 머리는 희끗희끗하며 마른 체형이나 반듯하고 균형 잡힌 몸매의 노인이 조심스럽게 맨발로 걷고 있다. 나는 그에게 말을 건다.

"발, 아프지 않습니까?"

"아파요."

걷기를 멈추고, 내가 묻지도 않았는데, 말을 줄지어 늘어놓는다.

"나는 위장이 좋지 않나 봐요. 발바닥이 여전히 아파요. 대모산에서 '맨발로 걷기' 강의를 3시간이나 받았어요. 그때부터, 4월에 시작했으니 이제 3개월이 됐습니다."

그가 탄천 쪽을 바라본다. 나도 그의 시선을 따른다.

"저 잔디에서 걸으면 안 돼요. 진드기가 달라붙을 수 있거든요."

"얼마큼 걷습니까?"

이제야 자세히 내 얼굴을 들여다보며 말한다.

"이매교에서 서현교까지, 흙길을 걷고, 왕복하면 30분 이상 걸립니다. 기분이 괜찮아질 겁니다. 한번 해봐요."

그러고 보니 왼손에는 그의 슬리퍼가 들려있었다. 이런 상황극이 저절로 떠올랐다.

- 맨발 걷기에 관심이 많은 사람: "맨발로 걷기가 그렇게 좋습니까?"
- 맨발 걷기 전도사: "응, 좋아. 아주 좋아. 만병통치라니까."
- 걷기에 관심이 없는 사람: "증말?! 무엇이라고? 만병통치라꼬?"

흐르는 물은 썩지 않는다. 우리는 끊임없이 걸어야 한다.

자전거 바퀴 위에서

    허리에 통증이 제집 드나들듯 찾아온다. 눈을 뜨고 몸을 일으키면서, 아침 인사를 '끄응' 소리로 대신한다. 통풍은 불심 검문하듯 발가락에 느닷없이 들이닥쳐 나를 절절매게 한다. 전철을 이용하기 위해 오르락내리락할 때 온몸의 신경을 허리와 발가락에 집중해야 한다. 허리에 무리한 움직임을 줄이고 발가락의 통증을 견딘다. 또 절룩거리지 않으려 하나 걸음걸이는 외려 더 이상해진다.

    친구를 뒤에 태우고 개천가를 달린다. 내리막길이다. 둘의 무게로 중력이 커지고 자전거는 커진 만큼의 가속도가 붙어 잘도 달린다. 맞은편에서 자동차가 올라온다. 조심하면서 속도를 줄인다. 자동차에서 멀리 떨어지기 위해 핸들을 조금 튼다. 마침 핸들을 튼 곳으로 노인네가 엉금엉금 기어 올라오고 있다. 나는 핸들을 개천 쪽으로 튼다. 우리 키만 한 석축 아래 개천에는 생활오수가 느른하게 흐르고 있어 시퍼런 이끼가 너울거리는 듯하다. 순간, 나는 자전거 안장에서 튀어 올라 개천으로 뛰어든다. 더러운 물에 얼굴을 박는 순간, 내 등을 덮칠 자전거를 의식하며 몸을 동그랗게 만다. 기다려도, 자전거는 덮치지 않는다. 잠시 후 나는 천천히 일어나 석축 위를 바라본다.

"야, 임마, 왜 거기다 코를 박고 있어? 냄새 맡을 만하냐?"

친구는 석축 위에서 자전거의 꽁무니를 두 손으로 잡고 나를 내려다보며 낄낄거리고 있다. 올려다보이는 친구의 어룽거리는 모습은 마치 충무공 동상처럼 커 보이고 의젓해 보인다.

3년 전에 자전거를 샀다. 10여 년 만에 두 바퀴를 굴리기로 작정하고 준비한 것이다.

자전거 바로 앞쪽을 내려다본다. 도로는 무수한 사선으로 빠르게 밀려오고 순식간에 뒤로 사라진다. 앞바퀴는 쉴 새 없이 구르지만, 그 주변의 물체는 보이지 않는다. 여기서는 시간이 쏜살같다. 바퀴 앞의 실체는 그 모습이 모두 사선으로 처리된다. 실체는 보이지 않는다. 요요를 가지고 노는 것하고 비슷하다. 길이 자전거의 영혼으로 들어왔다가 다시 나간다. 나는 길 위를 달리는 게 아니라 길을 감아들었다 다시 놓아주는 거라 생각한다.

자전거 위에서 10여m 전방을 바라본다. 왼쪽 오른쪽 사물들은 천천히 다가오고 천천히 뒤로 흐른다. 버드나무의 연둣빛이 싱그럽다. 고향에서부터 수십 년을 보아 온, 이곳저곳에 지천으로 피어나는 개나리의 노랑은 질리지도 않고 오히려 정겹다. 종합병원 앞의 벚꽃은 드높은 하늘에 피어나는 뭉게구름이 되어 보는 사람을 덩실 하늘로 이끈다. 바람을 맞은 민들레 제비꽃은 그 흔들림이 아주 작다. 내가 적응하기에 알맞은 속도로 시간이 오고 간다.

2km 앞 먼 곳을 바라본다. 그곳에 있을 실체들이 보이지 않는다. 보이지 않으니 애써 보려 하지 않는다. 일정한 리듬으로 페달을 젓는다. 어쩔 수 없이 여러 가지 상념이, 지나치는 속도만큼이나 떠오르고 이내 사라진다. 허벅지에 순간순간 힘이 실리고, 실린 힘은 온몸에 땀으로 번진다. 한참 페달을 저어 달려도 앞으로 나간 느낌이 들지 않는다.

두 바퀴 위에서 내 삶의 속도를 생각한다. 일사천리란 말과는 거리가 있다. 나는 느슨하다. 어떤 친구는 빠르고, 누구는 느리다. 살아가는 모양새가 조금씩 다르니 삶의 속도도 다르다. 나의 느슨한 삶의 속도에 조바심을 갖지 않는다. 일정한 리듬으로 저어가는 페달에 맞춘다.

호기로워진다. 나는 자전거 페달로 만경창파 같은 시간을 저어간다. 지구 위를 커다란, 아주 큰 두 바퀴로 구르고 있다. 영원히 이어지는 시간과 푸른 행성 지구는 두 바퀴 아래에 있다.

요즈음 허리 통증은 멀리 가출했다. 아침에 눈을 뜨며 '이제 모두 다 일어나 영원히 함께 살아가야 할 길 나서자'를 흥얼거린다. 통풍은 줄줄이 이어지는 민생 사안에 바쁜지 불심검문 단속을 나온 지 오래다. 그래, 오르락내리락 전철을 이용한 시내 나들이가 가뿐하다.

배추와 함께

모란 시장의 봄은 새 생명을 준비하고 있다. 철쭉, 목련, 라일락, 포도나무, 대추나무, 무화과나무, 블루베리 등은 묘목의 중간이 잘리고, 뿌리 부분은 수박만 한 크기로 흙에 감싸여 있다. 밭에 심을 수 있는 모든 종류의 여린 채소들은 작은 포토 속에서 쭈빗거리고 있다. 건물에 잇대어 이들을 주욱 늘어놓았고, 묘목과 봄꽃, 그리고 씨앗 판매대는 차도와 경계를 이루고 있다. 이곳에서는 심고 싶은 것을 마음대로 고를 수 있어 마음에 든다. 가을 농사가 시작되는 8월, 이 시장의 모습은 봄철과 대개 비슷하나 배추 모종이 보이고, 노랗고 붉은 국화가 차도와 경계를 이루고 있다는 점이 조금 다르다.

천지농원은 비행장에서 막 이륙한 비행기 아래에 자리 잡고 있다. 주택은 거의 볼 수 없고 비닐하우스가 함박눈 내려 쌓인 벌판처럼 펼쳐져 있다. 이 농원은 배추 고추 등 서너 종류의 채소를 집약적으로 키우고, 판매해서인지 모란시장보다 가격이 저렴했다. 그래봤자 모종 한 개나 두 개 정도를 더 줄 뿐이지만, 비닐하우스를 배경으로 하고 있다는 것, 소주잔만 한 포트 속에 작은 씨앗을 일일이 심고 싹을 틔우고, 물을 주는 정성을 시장 상인들은 흉내 낼 수 없는 것이지 하며 나는 이 농원을 신뢰하고 수년째 이용하고 있다.

배추 모종을 사기 위해 천지농원에 갔다. 나는 해마다 '불암 3호'라는 배추 품종을 심어왔다.

배추 30포기를 심어, 열 개 정도는 겉절이나 쌈으로 우적거리거나 우거짓국을 끓여 밥을 말아 먹고, 나머지 20포기로 김장을 한다, 이러면 올겨울 또한 싱싱하고 상큼한 배추김치를 맛볼 수 있을 거야, 하며 즐거운 상상을 했다. 낱개로 '천 원에 5개' 30개면 6천 원이군, 하며 속으로 헤아렸다. 그 옆에 '한 판에 8천 원'이라고 써진 푯말이 있고, 72개의 여린 모종은 오밀조밀한 포트 속에서 두세 장의 잎이 바람도 불지 않는데 조금씩 흔들리는 것 같았다. 나는 얼른 4천 원을 주고 반 판, 36개의 모종을 사서 자동차에 실었다.

이날 늦은 오후, 기도하는 마음으로 모종을 심었다. '너랑 나랑, 이제 두 달 넘게 아침마다 만나야 해. 뿌리를 잘 내리고, 쑥쑥 자라, 그 어떤 병충해라도 이겨내야 해. 알았지?' 하며 뿌리에 붙어있는 흙이 떨어질세라, 여린 잎이 부러질세라, 포트에서 살살 꺼내 작은 구덩이 속에 조심스럽게 심고, 모종이 흔들리지 않게 다독거렸다. 물을 흠뻑 뿌려준 것은 물론이다.

이튿날 아침, 밭에 간 나는 아연, 황당, 어처구니없는 모습을 보았다. 모종은 잎이 싹둑싹둑 잘려져 있거나, 마치 누가 뿌리째 뽑아 잎을 짓이겨 버리고 여기저기에 던져놓은 것처럼 흩어져 있었다. 그리고 밭에는 밤새 신나는 춤을 추기라도 한 것처럼 발자국, 고라니 발자국이 흩어져 있었다.

"이런, 나쁜 고라니 새끼이!"

마음을 다잡고 농원에 가고, 모종을 사고, 늦은 오후에는 더 정성을 들여 심었다. 그러나 다음 날 아침에도 같은 일이 반복되었다. 그렇게 세 번째 모종을 심으며 나는 중얼거렸다.

"내가 너에게 사료를 대고 있구나. 그래, 먹어라."

내 중얼거림을 고라니가 어떻게 해석했는지 알 수 없지만, 아침에 가보니 대개는 멀쩡했으나, 서너 개는 고라니가 깨작거린 것을 확인할 수 있었다. 올가을 배추 농사는 변덕스러운 지난 여름 날씨처럼, 그렇게 시작했다.

나는 아침마다 밭에 가서 배추 하나하나와 눈맞춤을 한다. 그러면서 배추의 하루를 그려본다.

해가 뜨고, 드디어 햇빛이 배추의 옆구리로 치고 들어온다. 잎은 눈을 뜨고 탄소동화작용을 시작한다. 햇빛에서 이산화탄소를 받아들여 뿌리 쪽으로 내려보낸다. 잎에서 내려온 탄소의 자극으로 뿌리는 하던 일을 멈추고 이를 받아들인다. 뿌리는 땅속에서 빨아들인 물과 이산화탄소를 잘 버무려 자기들이 자라는 데 꼭 필요한 양분인 탄수화물을 만든다. 잎은 열심히 광합성을 하고, 뿌리는 그에 뒤질세라 있는 힘을 다해 열심히 물을 빨아들인다. 오후 4~5시가 되고, 해가 질 무렵

이 되면 잎은 광합성 활동을 멈추고, 뿌리도 이에 호응해 물을 빨아들이지 않는다. 밤이 되면 뿌리는 더 바빠진다. 잎과 함께 낮에 만들어 저장해 놓았던 양분을 뿌리, 줄기, 잎으로 보낸다. 매일 이런 활동을 반복해 배추는 무럭무럭 자란다. 잎은 낮의 길이에 민감하고, 뿌리와 교감하면서 자신을 키운다.

배추는 광합성 작용을 결코 대충 하지 않는다. 나는 이런 배추를 좋아한다.

녹색 모자

"목적지인 종합버스터미널입니다. 고객께서는…"

반복적인 마찰음이 잦아들고 지속되던 흔들림은 줄어든다. 버스를 꽉 채우는 안내방송으로 까무룩 하던 잠이 멈칫댄다.

"모두 하차하여 주시기 바랍니다."

이 소리에 나는 눈을 뜨고 벌떡 일어선다. 머릿속은 어두운 골목길 끝에서 두리번거린다. 밝지 않은 버스 통로로, 앞 사람의 뒤를 따라 기우뚱대며 빠르게 버스에서 내린다. 터미널을 막 벗어난다. 얼굴이 허전하다.

"어쿠! 마스크!"

얼른 뒤돌아, 허둥지둥 경정댄다. 먼 곳을 쉼 없이 달려와 이제 조용히 웅크리고 있는 버스들 속에서, 좁은 눈으로 내가 내렸을 거라고 짐작되는 버스를 찾는다. 사람이 어른거리는 버스로 반갑게 뛰어든다.

운전수는 뒷정리를 하고 있다. 어슬렁거리는 듯하나, 좌석 사이를 꼼꼼히 살핀다.

내가 앉았던 자리 옆에 마스크가 하얗다.

"마스크, 여기 있네."

얼른 집어 들어 입 주위를 가린다. 마스크 속에서 조금은 정신을 차린 듯한 목소리로 말한다.

"기사님, 수고하십시오."

나는 터벅 턱 터벅 턱 소리를 내며 터미널을 벗어난다. 왠지 허전하다. 마스크 속에서 입을 벌려 하품을 하고 주위 시선을 아랑곳하지 않고 기지개를 크게 켠다. 뒷주머니, 앞주머니를 툭툭 쳐본다.

"아이쿠! 핸드폰!"

확 돌아선다. 긴장감이 온몸으로 팽창되고 두 발을 잽싸게 놀린다. 이번에는 쏜살같다. 버스 앞이다.

"기사님, 또 왔습니다."

기사는 운전석에서 무언가를 만지작거리고 있다. 또 뭐야 하는 듯한 표정으로 나를 맞는다.

"핸드폰을 놓고 갔습니다. 찾아볼게요."

귀찮다는 듯 오른손 엄지손가락을 펴고 말없이 어깨 너머로 뒤쪽을 가리킨다.

내가 앉았던 좌석, 앞좌석의 등주머니 속에 있어야 할, 얌전히 자는 듯이 있어야 할 핸드폰이 보이지 않는다. 내가 앉았던 자리를 확인하고, 얇은 명함이라도 찾는 듯이 앞·뒤 좌석 등주머니 속을 뒤적인다. 가슴이 싸하고, 이성의 수치가 썰물처럼 빠져나가고 머리가 일순 텅 비워진다. 어찌할 줄 모르는 나에게 기사가 말한다.

"뒤쪽에 앉았다가 나오면서 좌석 등주머니를 훑는 애들이 있어요.

김후곤 수필집

전문가 같아 보일 때가 있습니다. 핸드폰 벌써 멀리 갔어요."

나는 천천히 버스에서 또 내린다.

'교통카드, 그 많은 전화번호를 어떡하지? 잠깐, 일단 전화를 해봐야 하는 거 아냐? 그렇지, 전화!' 주머니를 뒤지다가

"이런, 잃어버렸잖아!"

다시 버스로 되돌아온다. 기사는 이제 문을 나서고 있다.

"기사님, 전화 좀 빌려주십시오."

기사는 쓰다 달다 말없이 핸드폰을 내준다. 나는 더듬거리며, 떨리는 손으로, 멈칫대며 열한 개의 숫자를 누른다. 제발 받아봐, 기도하는 마음이 간절하다.

"여보세요?"

"핸드폰 주인입니다. 정말 감사합니다. 제가 어떻게 할까요?"

젊은 여성의 목소리가 핸드폰을 주웠다면서 가지러 오란다. 주저하는 목소리가 아니고 차분하다. 억양이 없고 옆으로 사선을 주욱 긋는 듯한 목소리다. 죽전역 지하 3번 출구 앞에서, 녹색 모자를 썼다며 기다리겠단다.

"예, 금방 가겠습니다. 20분 정도 걸릴 겁니다. 감사합니다!"

'가지 말고 꼭 기다려요!'란 말은 목구멍으로 꿀꺽 삼켜버린다. 터미널에서 죽전까지는 일곱 곳의 역이 줄지어 서로 잇대어 있다.

물건을 잃어버린다는 것, 내 평소 습관에 허점이 많다는 것을 말하는 거지. 틀림없어. 차분하게 계획적인 생활을 한다면 잃어버릴 일이

없어. 물건뿐이 아니지. 요즈음 생각하고 있는 것들도 혹시 덤벙대기만 하고 있는 것은 아닐까. 정신 차릴 나이 벌써 지났잖아. 아직 한창 젊었을 때의 자신감만 가지고 살려고! 정말 한심하다는 생각이 든다. 그건 그렇고. 이 사람에게 사례를 해야겠지. 3만 원? 적고, 5만 원, 글쎄, 10만 원, 넌 많지! 그런데 이 여자, 왜 남의 물건을 주인의 허락도 없이 가져가는 거야? 순 도둑…, 핸드폰이 걸려있어. 나쁜 상상은 하지 마. 잠깐, 이 여자, 정말 기다려줄까? 기다린다고 했잖아, 분명히 기다릴 거야. 아무렴. 또 잠깐, 이 여자? 혹시? 꽃뱀? 가져간 핸드폰이 울린다고 받아? 이해가 안 돼. 녹색 모자, 하아~. 잠깐, 지금은 핸드폰 찾을 생각만 해야 해.

죽전역, 지하 3번 출구 쪽으로 간다. 통행로에서 빗긴 곳에 녹색 모자가 쉽게 보인다. 머리를 숙여 사람들의 발을 관찰하는 자세다. 몸가짐에 흐트러짐이 보이지 않고 말끔하다.

"저 핸드폰 때문에 왔습니다."

여자는 말없이 핸드폰을 나에게 건네준다. 그리고 돌아서, 올라가는 에스컬레이터로 향한다. 나는 급하다.

"제가 사례, 좀, 하고 싶습니다."

여자는 가던 길을 간다. 나는 몇 발짝 뛰어가 그녀의 팔을 낄 듯이 바싹 다가간다.

"케잌을 사드릴게요."

그녀는 오른손을 어깨 위로 살살 흔들며 에스컬레이터에 막 오른다.

안치다

"밥? 아직야?"

"당신이 자주 안치잖아?"

"숙취로 이제 일어났어."

아내는 함박양푼을 들고 베란다로 나가고, 나는 방으로 들어와 책상 앞에 앉는다. 양푼에 쌀이 쏟아지는 소리가 들린다. 이 소리에 박자를 맞추어, 머릿속의 파랑새가 추억의 덩어리를 쫀다. 덩어리가 희미해진다. 두세 번을 더 건드리자, 그 속에서 한 모습이 뚜렷이 떠오른다. 삐이걱~ 소리로 어머니가 부엌으로 들어간다. 항아리에서 쌀을 푸는 소리, 바가지에 물을 붓고 씻는 소리, 솥뚜껑을 여닫는 소리가 들린다. 파랑새가 희미한 추억을 한 번 더 헤집는다. 이제는 어머니의 목소리가 들린다.

"뒷말에 살던 배씨 여편네, 그 아들이 너하고 동갑이지. 참 가난하게 살았어. 남편, 시아주버니, 시동생, 이 형제들 인물 훤하고 잘 생겼었지. 똑똑했어. 인공 때, 삼 형제 읍내로 며칠씩 몇 번 갔다 왔어. 그때 뽈갱이가 되었을 거여. 우리 동네에는 크게 잘못한 일 별로 없었어. 뽈갱이들이 냇갈 건너 한 씨 집에 가서 식량을 가져가야겠다고 하니까 한 씨가 소리소리 질렀지. 한 씨 앞에서 어떻게 고개나 들던 사람이었나? 한 씨 소리 지를 만했지. 누군가 한 씨를 밀쳤고 한 씨는 뒤로 넘어지면서 머리를 다쳤어. 평생 누워 살다 갔어. 곡식을 한 톨도 남기지 않고 빼앗아 갔다고, 사람을 죽였다고 수군거렸지만 누구 하나 드러내고 말을 할 수 없었어. 뽈갱이들이 무서웠으니까. 벼 이삭 하나하나 세어보고 얼마를 공출하라고 했구. 뽈갱이들이 팔봉산 너머로 도망가고 나자, 배씨 여편네는 장터로 불려 다녔어. 배씨 삼 형제를 찾아내라는 거여. 이 여편네가 무얼 알겠어. 모른다고 하면 작대기로 막 패댔지. 여편네 매일매일 두들겨 맞았어. 젖먹이는 젖 달라고 울고, 여편네, 참 많이 울었지. 한 씨 외가 장 씨들이 배씨 삼 형제를 갈산에서 잡았구. 이러냐저러냐 물어보지도 않고, 상여골로 끌고 가 대꼬챙이로 수십 번 찔러댔대. 배씨 둘째는 안존하고 참했는데, 아까운 인물이라고들 했어. 그러니까, 석 달도 안 되어 이런 일이, 참 무서운 세월이었다."

배씨 여편네의 눈물바람 앞에는 올망졸망한 아이들 삼 형제가 조롱박처럼 매달려 있었다. 이 삼 형제에게는 연좌제가 차꼬가 되어 두 발목에 채워져 있었다. 삼십여 년이 지나고 이들 중 막내는 학교의 청부로 취직이 되었다. 있을 수 없는 일이었다. 한 씨 외가 장씨의 자손 중 하나가 힘을 써 채용하게 했다는 소문이었다. 화해의 제스처였다.

나는 이제 책상에 엎드려 늘어진 상태로 추억의 덩어리 속을 더듬

김후곤 수필집

고 있다. 파랑새가 추억 덩어리 주위에서 파득파득 날갯짓을 한다. 눈
가의 주름이 자연스러운 어머니가 말한다.

"서낭골 고 씨네 두 아들, 나이도 들었는데, 장가 안 갔어. 아주 나
쁜 놈들이여. 동네에서도 내놓았고, 순경들도 쩔쩔맸다는구먼. 둘째
가 망나니여. 울타리 하나 너머로, 아이 둘이나 있는 박 씨 여자 치마
를 어거지로 들추었대. 논이나 밭에 나간 남정네는 배가 고파야 집에
들어오든지, 간단히 새참처럼 여편네가 내가기도 하고. 앞뒤로 붙어
있는 두 집은 절간처럼 조용할 때가 많았을 거여. 박 씨 여자, 처음에
는 죽어야 하나 살아야 하나 하면서 남몰래 눈물 찍어댔다는구먼. 이
건 나중에 들어서 안 일이여. 몇 번 지나고 두 년놈은 박 씨가 집을 비
우기만 하면 달라붙었다는구먼. 박 씨가 알아채고 고 씨 둘째를 죽이
려고 달려들었대. 그런데 외려 박 씨가 병원에 가서 팔자에 없는 환자
신세가 되었구. 둘째, 감방에서 2년을 살고 나왔잖여. 박 씨 이사도 못
가고, 심화가 눌어붙어 방에만 누워 천장만 바라보았대. 그러니 농사
는 뭔 농사겠어? 몇 마지기 되지 않는 논은 잡초밭이 되고 말았지. 하
늘도 무심하지 않아. 둘째 놈, 왕산리로 낚시 갔다가 아직도 돌아오지
않고 있어. 갯물이 들어오는데, 거꾸로 깊은 바다 쪽으로 걸어가더라
고, 본 사람이 있대. 누구는 술을 너무 많이 마셔 그랬다고도 하고. 그
렇지, 귀신이 잡아갔어. 틀림없다니까."

언제부터인지, 고씨네는 부자 셋이서 삶을 꾸려나가 참말로 오죽
잖게 살았다. 읍내까지 소문난 둘째의 망나니짓을 누구 하나 바르게
이끌어 줄 사람이 없었다. 동네 이장이 한번 둘째를 불렀다가 조그만

도끼를 들고 흐느적거리며 슬슬 걸어오는 모습을 보고, '걸음아 나 살려라' 소리치며 게 눈 감추듯이 사라졌다고 했다. 5년 후 박 씨, 시름시름 앓다가 저세상으로 가버렸다.

추억을 자꾸 앞세우면, 추억에 파묻힌 모습을 아내가 보면 즐거워할까. 그럴 리가 없지. 추억의 상념은 이제 가라앉히자. 이제 밥상을 받고, 밥을 먹고, 또 하루를 시작해야겠지.

김후곤 수필집

즐겁게 하루를

집이 탄천 바로 옆이라 걷기에 좋고 자전거 타기에도 알맞다. 걷기를 할 때 위로 올라가면 수내역이고, 내려가면 야탑역이 되는데, 두 곳모두 2km가 조금 넘는다. 일주일에 두세 번을 천천히 걷는다. 자전거로는 죽전역까지 대충 10km가 되며 복정역까지는 약 8km를, 일주일에 한두 번 페달을 밟아 바퀴를 굴린다.

매주 화요일, 문학아카데미에서 강의를 듣고 받아적고, '일주일에한 편은'하는 마음으로 쓴 글을 발표하고, 합평 내용을 정리한다. 이모임에서 술버릇과 마시는 방법이 비슷한 선배와 시쳇말로 꼭지가돌도록 마신다. 이날은 '맛있게 술 마시기'로 혼자 정해 놓은 듯한 날이기도 하다. 어쩌다 친구를 만나 횟집이나 삼겹살로 한잔한다. 평생지켜온 술시(?)의 약속은 취해 돌아가는 시간이 캄캄한 밤중이 되어나도 친구도 꺼려 자연스럽게 점심시간에 만난다.

아침 시간과 오전에 들여다보는 외국어, 영어와 한문 공부는 내 인생에서 도전해 보고 싶은 그 무엇을 위한 일이 아니다. 해마다 계획을세우고, 한 달도 채우지 못하고 포기한 것들에 대한 보상이다. 습관을 갖기 위한 나 자신의 몸짓에 불과하다. 도서관에 드나드는 일 또한 같은 맥락이다. 보름에 한 번 도서관에서 대여섯 권의 책을 빌려와 읽고, 좋은 문구를 베껴 써놓는다. 틈틈이 계간지에 연재되는 수필 소재를 그렇게 찾는다. 반복해 습관이 되고, 이 습관이 제 이의 성격이 된다는 말을 믿는다. 요즈음은 당시(唐詩)와 송사(宋詞)를 필사하는 데 재미를 붙이고 있다. 붓과 한지는 인사동에서 준비했고, 필체라고 할 수 없는, 그리는 수준이지만 재미가 쏠쏠하다.

매일이 즐거우면 좋겠지만, 항상 그렇지 않다. 가족끼리 조율되지 않는 의견, 주위 사람들에게 던지는 나의 실망스러운 말투로 스스로 위축되기도 하고, 친구의 언행에 짜증이 나기도 한다. 동생들의 건강과 허약한 경제력이 안타깝다. 수필 한 편 한 편의 낮은 완성도는 항상 내 마음을 짓누른다. 책을 자주 읽고 다른 사람을 만나 열심히 듣는 것이 좋은 글의 바탕이 된다는데, 알 듯 말 듯하다.

즐겁고 행복하게 산다고 생각하는 친구가 있다.

"일주일에 두 번 스크린골프, 이틀은 당구, 그리고 고스톱 모임을 빼놓을 수 없어."

친구의 하루하루가 행복한 모습을 소주잔에 타서 나와 함께 털어 마신다.

"코비드, 나에게는 들어올 새가 없어. 행복하잖아?"

나는 '행복하다'란 친구의 말에 선뜻 동의하지 않았다. 애매하기도 하고 무언가 있는 듯한 모호한 모나리자의 미소를 지었을 것이다. 친구의 말처럼 마냥 그렇게 행복한 나날을 보낸다고 생각되지 않았다. 친구의 즐겁고 행복한 그런 나날을 받아들이지 않았다. 매일을 이렇게 산다면 자신을 들여다볼 시간을 갖지 못한다.

나는 글쓰기에서 '행복'이란 말을 거의 쓰지 않는다. 실체를 보지도 못했고, 기억하지 못한다. '행복'한 때가 있었겠지만 자꾸 '순간'이었다고 기억되고, 그런 짧은 '행복'이라면 아쉬움이 많이 남는다.

어느 책에서 행복의 정의를 '고통이 지난 후에 드러나는 편안함'이라 쓰고 있었다. 행복의 전제 조건이 고통이라 했다. 또 사전에서는 '복된 좋은 운수. 생활에서 충만한 만족과 기쁨을 느끼어 흐뭇함, 또는 그러한 상태'라고 알려주고 있었다.

행복을 오래 누리지 못한다면 하루하루를 즐겁게 살고 싶은 마음이다. 남과 비교할 일이 아니다. 바로 곁에서 찾아야 한다. 하루를 살아가는 데에는 즐거움이 있어야 한다.

생강

작년 4월 3일, 모란시장에서 구입한 생강을 묻었다. 한동안 싹이 보이지 않아, 작은 나뭇가지로 살살 흙을 긁었다. 흙 속의 생강은 '땅 속의 비밀을 엿보는 짓, 천기누설인 거 너, 모르니?' 엄한 듯 멀뚱한 표정으로 나를 무시하고 있었다. 싹 틔울 조짐이 보이지 않았다. 5월 12일, 참새 혀 같은 싹이 살그머니 얼굴을 내밀었다. 작지만 튼튼해 보였다. 한 달 넘어 보여준 싹이었다. '참, 보기 좋다' 하면서 나는 천기를 누설하지 않은 것으로 해석했다. 생강은 가뭄에 맨머리로 목말라했고, 후줄근하게 축 처진 잎으로 장마를 견디었다. 8월부터는 신이 나서 힘차게 자랐다.

11월까지 생강은 한껏 자랐다. 한 덩이에 너덧 개의 줄기가 튼튼하고 싱싱했다. 잎은 조릿대보다 넓고 뾰족뾰족함은 더 또렷했다. 땅 위 줄기들을 뚝뚝 끊어내고 호미로 겉흙을 슬쩍슬쩍 걷어내고, 드러난 표면의 가장자리에 호미를 쿡 박아 생강을 캐냈다. 두툼한 생강 덩이를 손바닥에 올려놓고, 묻어 있는 흙을 살살 쓸어내렸다. 싱싱하고 굵

김후곤 수필집

었다. 덩이들은 단단히 붙어 노란 황금 덩어리처럼 빛나고 있었다. 수확한 '황금 덩어리'는 열한 개였다.

이 중에서 여섯 덩어리는 생강채를 썰어 김장의 양념에 버무렸다. 우리는 생강 특유의 맛과 향을 좋아해, 항상 다른 집보다 더 많이 넣었다. 자식들은 향이 너무 진하다며 한 소리 하기도 했다. 나머지는 됫박으로 치면 한 됫박이 되고도 남음직했다. 이번에는 물기를 말린 생강을 편으로 썰었다. 이를 절임병에 한 켜, 그 위에 설탕 한 켜, 다시 생강편 한 켜, 설탕 한 켜로 차곡차곡 쟁였다. 공기가 들어가면 썩을 수도 있으니까, 하면서 뚜껑 주위를 테이프로 둘러치기까지 했다. 절임병에 들어있는 노랑 덩어리는 보기만 해도 좋았다. 칠칠맞게도 하이파이브를 하고 싶었다.

한겨울, 추운 날이 며칠 계속되었다. 늘 그렇듯이 몸 상태가 마음에 들지 않는 일이 가끔 생겼다. 으슬으슬 춥고, 금방이라도 재채기가 터질 듯하고, 따뜻한 아랫목에 눕고 싶은 그런 때.

"이런 날에는 생강차가 최고지!"

나는 절임병의 생강편을 생각하며 물을 끓이기 시작했다.

물은 서서히 움직이더니 게의 눈 같은 거품이 일었다. 물이 끓기 시작하자 물고기 눈알만 해진 물방울들이 돌아다니면서 작은 소리를 냈다. 드디어 물결이 솟아오르고 출렁거리며 수많은 진주처럼 빙빙 돌고 있었다.

"이제 됐어."

절임병에서, 설탕에 절인 생강편을 숟가락으로 듬뿍 퍼 글라스에 넣었다. 맛있어 보이는 노르스름한 색이 될 때까지 조용히 저었다. 심호흡하고, 숟가락의 생강편과 설탕물을 후후 불고 입에 넣었다. 물컹하고 씹혔다.

"이게 무슨 맛이야? 상했잖아!"

씹히는 식감이 이상했다. 중국 현지 식당에서 맡아지던 뭔가 석연치 않은 수상한 향이었다. 느끼하고 숨이 답답해졌다.

내 고향에는 마늘밭과 생강밭이 많았다. 집집마다 마늘과 생강을 심었다. 우리 동네뿐만 아니라 고장 전체가 그랬다. 마늘을 뽑는 5월, 줄기를 뜯어내고 생강을 캐내는 10월에 아주머니들은, 오늘은 이 동네, 내일은 저 동네로 몰려다녔다. 수확기의 생강값은 헐했다. 저장해두었다 이듬해에 출하하면 좋은 값을 받았다. 옆 동네에서는 생강 굴을 팠다. 수직으로 5m 땅을 파고, 거기에서 옆으로 저장실을 두는 방식이었다. 후에 베트남에 가서 땅굴의 모형도를 보았을 때, 나는 어린 시절 옆 동네의 생강 굴을 떠올렸었다. 봄철에 생강 굴에 들어간 사람이 걸어서 나오지 못했다는 이야기도 있었다. 어머니가 만드는 음식에서는, 특히 가을철에는 생강 향이 진했다.

올해, 나는 모란시장에서 생강 파는 남자의 이야기를 듣는다.

"아, 그거요. 중국산이었을 거요. 틀림없어요. 크기는 한데 향이 적고, 매운맛이 덜하고. 또 저장성도 좋지 않고."

김후곤 수필집

나는 고개를 크게 주억거린다. 그가 말을 잇는다.

"식용으로 수입되어 종자로 팔기도 하고요. 종자를 수입하는 것보다 식용으로 수입하는 것이 훨씬 싸거든요."

나는 들이댄다.

"서산 것, 있나요?"

그가 가리키는 곳에, 종이상자를 잘라 만든 작은 푯말에 생산지가 적혀 있다. 푯말 아래에 작고 쪼그라진 생강이 흙 분칠하고 있다. 옆의 중국산은 크고 깨끗하게 씻겨 있어 물건이 훤하다.

남자가 너스레를 떤다.

"토종! 작을수록 그 향이 짙고 맵다!"

토종과 중국산의 값은 같다. 토종의 양은 중국산의 2/3 정도다. 국산, 왜 양이 적으냐고 물으려다 나는 입을 다문다. 짐작만 한다.

'토종이든 중국산이든 무슨 상관이야? 이윤만 많으면 됐고! 사람들이 토종을 먹든 외래종을 먹든, 그것도 내 알 바 아니고!'

골프 해방구

나는 골프 채널을 자주 들여다본다.

'마스터스'는 미국에서 권위 있는 골프대회이며 세계적으로 인정받고 있다. 이 대회 우승자는 트로피 대신 전통적으로 그린재킷을 입는다. 나로서는 이해하기 힘든 어마어마한 상금이 걸려있다. 조용한 분위기를 위해 진행요원들이 애쓴다. 이곳에서 갤러리들은 '조용히'를 입에 물어야 한다. 티샷을 하거나 어프로치를 준비하거나, 퍼팅에 호흡을 맞출 때 갤러리들은 반드시 침묵해야 한다. 소근거려도 뛰어다녀도 핸드폰을 들고 있어도 안 된다. 할 수 있는 일은 오로지 손뼉치는 일이다. 작은 움직임으로 골퍼의 주의력을 방해해서는 안 된다. '골퍼를 위해 반드시 조용히 해야 한다'라는 불문율을 요구한다.

미국 애리조나 사막 도시 피닉스 오픈 골프 코스 중 16번 파3 홀. 마치 로마 전차경기장을 연상하게 한다. 골퍼가 서서 앞을 바라보면, 왼쪽으로 길게 3층 스타디움이, 오른쪽에는 우리들이 흔히 볼 수 있는 종합운동장에서처럼 계단에 따라 의자가 배치되어 있다. 홀까지의

거리는 120m에서 160m, 주말 골퍼들도 만만히 때려 올릴 수 있는 거리다. 초록 잔디의 티 박스 앞에는 애리조나를 상징하듯 약 20m 정도의 사막이 가로막고 있다. 그 사막에는 손가락 같은 선인장이 커다랗고, 가시가 촘촘하고 둥그런 선인장, 화살나무 줄기같이 생긴 선인장의 키가 크다. 그 밑 이곳저곳에 명자나무꽃이 새빨갛다. 모래는 하얗다. 사막을 건너면 그린이다. 그린 주위에는 네 개의 벙커가 하얀 이를 드러내며 먹이를 기다리고 있다. 홀은 가운데에 있지 않고 쳐올리기가 애매한 벙커에 가깝다.

관중석 밑 통로를 이용, 이 '전차경기장' 티 박스에 골퍼가 모습을 드러낸다. 순간 200여m 이어지는 코스와 양쪽 관람석의 소란스러움으로, 골퍼들은 그 분위기에 압도된다. 어떤 골퍼는 야유하는 관중에게 가운뎃손가락을 세웠고, 어느 캐디는 관중과 멱살잡이도 했다. 이 홀에 처음 올랐던 우리나라 골퍼는 나중에 이렇게 말했다.

"연습한 대로 스윙을 했는지, 공을 어떻게 굴렸는지, 홀에 공을 넣기는 했는지, 하나도 생각나지 않았어요. 마치 벌집에 들어온 것 같았다니까요."

그 홀만 생각하면 지금도 땀이 난다고 공연히 손을 들어 이마를 훔쳤다.

미국 출신 골퍼 S가 티 박스에 오른다. 티를 낮게 꼽고 공을 올려놓는다. S는 자신을 둘러싼 관람석의 웅성거림과 그 속에서 튀어나오는 째지는 듯한 고성을 듣는다. 한쪽에서는 자신의 이름을 떼창으로 연호하고, 맞은편에서는 야유하는 떼창이 호응한다. 관중의 소란스러움을 못 들은 척하며 자신의 플레이에 집중한다. 관중들은 모두 서서 끊임없이 흔들고 소리 지르고 있다. 손에는 페트병이 한두 개씩 들려있고, 옆 사람과 부딪치고 커다란 동작으로 음료수를 마신다. 팔과 주먹을 앞으로 절도 있게 내지르고 있는 패거리들, 초록 수건을 가슴 앞에서 팔랑팔랑 흔드는 무리, 웃통을 벗은 떼들이 보인다. 맞수 학교 대항전에서나 볼 수 있는 떼창, 무언가를 연호하며 끊임없이 움직인다. "워~워어. 와~와아~" 진행요원들은 지겹다는 표정 하나 없이 오히려 편안한 태도로, 이 흐름을 즐기고 있는 듯도 하다. S, 이 분위기에 휩쓸리지 않으려 한다. 천천히 그리고 힘차게 아이언을 휘돌린다. 공은 높은 궤적을 그리며 그린으로 날아간다. 그린 위에 떨어지고 떼구루루 굴러 홀 속으로 그 모습을 감춘다. 관중석 양쪽에서 함성이 폭발한다. 페트병을 머리 위에서 흔든다. 분수처럼 물이 뿌려진다. 초록 수건을, 윗옷을 머리 위로 들어 빙빙 돌리며 팔짝팔짝 뛴다. 각자 지를 수 있는 크기의 함성을 내지른다. '전차경기장'이 무너질 듯해진다. S는 S대로 하이파이브로 바쁘다. 순간, 관중들은 더 큰 함성을 지르며 들고 있던 페트병을 필드에 던진다. 피겨스케이트장에 날아드는 송이꽃, 다발꽃처럼 음료수가 든 페트병을 마구 날린다. 모두 포물선을 그린다. 포물선을 그리며 그 속에 들어있던 음료수가 폭죽처럼 퍼지기도 한다. 홀 해설자가 말한다.

"그린이 맥주와 음료수로 뒤덮였다. 다들 미친 것 같다."

연두색 종량제 봉투를 든 진행요원, 자원봉사자들, 캐디가 여기저

김후곤 수필집

기 빠르게 움직이며 페트병을 주워 담는다. 페트병을 고무래로 밀어 모은다. 골퍼, 진행요원, 페트병을 줍는 사람, 관중들은 모두 흥에 겹다. 그린이 정리되는 동안 경기는 약 15분간 지연된다.

S가 홀컵 속의 공을 꺼내기 위해 그린으로 올라간다. 한쪽에서는 환호성이, 다른 쪽에서는 야유가 여전하다. 컵에서 공을 꺼낸다. 이번에는 모두 함께 좋아라 소리 지른다. 소음 속에 그 공을 달라는 소리도 들린다. S는 빙 둘러보고 캐디에게 성큼성큼 걸어간다. 흔쾌히 공을 건넌다. 공을 받은 캐디는 던킨도너츠에 머리카락이라도 보이는 듯 꼼꼼히 돌려보고 자신의 호주머니에 야무지게 챙긴다.

세상에서 가장 뜨겁고 시끄러우며 열정적인 홀이다. 여기가 골프 해방구다.

나는 이들에게서 다양성을, 함께하는 다양성을 본다. 덩달아 내 몸도 달아오른다.

"신났군! 그렇게 좋아?!"

사랑으로

부모님은 여덟 명의 자식을 보았다. 자식을 키우면서 세 아이를 차례로 저세상으로 보내고 나를 낳았다. 이후 동생들이 나고 자라는 중, 또 하나의 동생도 알지 못하는 병으로 잃었다. 나는 그럭저럭 자라나 장남으로 승격(?)했다. 그렇게 우리는 사 남매가 남아 지금까지 살고 있다.

국민학교 시절, 나와 같은 학년의 한 아이는 아홉 형제 중 밑에서세 번째 아이였다. 그들 중 서넛은 함께 학교에 다녀, 이들의 행동을다른 아이들이 어찌하지 못했다. 동네는 물론 학교에서도 '구형제패'라 했고, 구설수가 끊임없었지만 아주 유명했었다. 그때 한 학급 학생수는 60여 명으로, 전교생은 약 700명이었다.

1970년대 교직 생활 10여 년 차에 M 국민학교로 발령받았다. 한학급 학생수는 80여 명으로, 한 학년에는 평균 18학급 정도였다. 늘어나는 학생수를 감당할 수 없어, 특히 저학년은 삼부제를 실시했다. 아침 점심 오후에 차례로 등교해 공부했는데, 어느 반이든 하루에 한 시간은 야외 수업을 의무화했다. 운동장에는 수업하는 아이들로, 등교하고 하교하는 학생들로 항상 바글거렸다. 도떼기시장보다 더 복잡했다. 지금과 같은 크기의 교무실에 들어가 쉬지 못하는 선생들은 이리저리 몰려다녔고, 교감이 교사를 제대로 알아보지 못하는 풍경이 우스웠다.

2000년대에 들어, 고향 모교의 학생수는 한 학급 당 7~8명, 전교생은 50여 명이 되었다. 신문이나 방송에서는 폐교되는 학교를 소개하며 인구 감소를, 이래서는 안 된다고 읍소했으나 세월이 흐르면서 하소연을 무색하게 만들었다. 교문은 찌그러졌고, 그네는 단단한 쇠사슬로 묶여 고정되었으며 정글짐, 미끄럼틀은 녹슬어 무너져 내려앉아 흉물로 변했다. 시소와 늑목의 모양새는 사라지고 흔적만 남았다. 그렇게 시골의 학교들은 하나둘 사라지고, 대신 몇 명의 어린 학생들을 조금 큰 이웃 마을의 학교로 실어 나르는 통학버스가 생겼다. 서울도 사정이 다르지 않아 학생수는 줄어들었고, 백 년 이상의 역사를 가진 학교도 몇십 명의 아이들을 불러들여 흔들리는 초등학교 간판을 겨우 매달고 있다.

며칠 전 모바일 청첩을 받았다. 신랑은 마흔한 살, 신부는 서른아홉이었다. 축하한다는 댓글이 한참 동안 '카톡'거렸다. 그중의 하나.

"요사이 결혼하는 청춘 남녀! 모두 애국자이고 효자일세~ 축하하네."

남녀가 자라 성인이 되고, 결혼하는 것은 당연한 순서이다. 그런데 결혼하는 남녀를 보고 애국자이고 효자라니. 나가도 멀리 나갔다. 거기에다 나이 마흔을 '청춘'이라고 부르고 있었다. '인생칠십고래희(人生七十古來稀)'가 이제는 '인생 칠십 청춘이여!'라고 외치는 세태인데 나이 마흔을 청춘이라 부른다고 어이없어하는 내 마음이 쪼잔하게 느껴졌다. 나도 흔쾌히 축하 메시지를 날렸지만 찜찜한 생각이 들었다. 이 신혼부부가 살면서 반드시 아이를 낳을 거라는 확신이 들지 않아서였다.

둘이 결혼해 한 아이를 낳는다고 해도 우리나라는 한두 세대가 지나면 인구는 지금의 반쪽이 된다는 계산이 나온다. 인구가 적은 나라는 국가를 존속시키지 못하고, 다른 나라에 흡수되거나, 중동, 아프리카, 남아메리카의 어느 지역에서처럼 소수 민족이 되어, 이곳저곳으로 끊임없이 이주하게 될 것이다.

젊은 부부가 아이 낳기를 꺼리는 이유로 자녀 사교육비가 많이 들어가고, 평생을 저축해도 집 한 채 갖기 어려운 현실을 들었다. 그래서 인위적으로 임신을 거부하고 낙태를 정당화한단다. 사회에서는 이를 해결하기 위해 몇천만 원, 때로는 몇억 원의 출산장려금으로 유혹하고 있다. 덧붙여 미래복지정책을 청사진으로 보여주고 있다. 몇 년이 지나도 이런 유혹의 효과는 나타나지 않고, 여전히 우리나라의 출생률은 한 명도 되지 못하는 실정이다. 돈과 복지는 일시적인 '당근'에 지나지 않는다는 생각이다. 한 나라의 기본이 되는 인구 증가를 몇 푼의 돈과 복지로 유혹하고 있다. 유혹은 유혹이다. 당근의 효과가 사라지면, 이전 상태로 되돌아가려는 것은 인간의 속성이다.

김후곤 수필집

집집마다 그 집수만큼 사정이야 있겠지만, 저출산 대책, 복지정책을 받아들이고, 그보다 먼저 젊은 부부는 일심동체가 되어야 한다. 손가락을 마주 끼고, 입 맞추고, 서로 온몸으로 사랑을 나누고, 그래서 하루하루가 즐거워야 한다. 일심동체가 되어 정신적 육체적인 하나로 열정을 다했을 때, 기적처럼 잉태되는 생명의 신비는 더욱 경이로워진다. 그 생명은 영혼의 합일체이다. 이런 합일체를 보려 하지 않고, 현실과 적당히 타협하려는, 돈과 편리성, 쾌적함을 추구하는 젊은이들의 모습이 안타깝다.

출산장려, 미래복지정책에 돈을 쏟아부어 출산율을 높이려는 생각은 인간 본성을 무시하는 태도이다. 무한한 가능성을 갖고 있는 부부의 '사랑의 힘'을 믿어야 한다.

8월의 날들

8월 6일(일): 덕흥사에 전화하다.

계양산 자락의 재개발 지역에 위치한 덕흥사, 아버지의 제사를 모실 수 있을까 궁금해 전화한다. 음력 7월 27의 제례는 가질 수 있단다. 나는 지금까지 잘 모셔주어서 고맙다, 내년부터는 분당 율동 야산 자락에 자리 잡은 천은정사로 부모님을 모시려 한다고 말한다. 덕흥사 사무장은 선선하다. '부모님의 영정과 위패를 그날 챙겨 드리겠다.'

보통 제사를 지낸 후에는 공양간에서 나물 몇 가지로 점심을 한다. 식탁에는 고추장과 참기름이 함께한다. 4형제는, 입속에 음식이 든 채로든 꿀꺽 삼켰든, 그동안 있었던 일을 될 수 있는 대로 재미있게 말해 서로 함께 웃으려 한다. 식사 후의 커피 한 잔 나누면서는 어려웠던, 짜증 났던 일을 하소연하기도 하고 서로의 건강을 염려한다. 서로의 건강을 위해 구체적인 무엇을 주고받는 것이 아니라 그야말로 염려하는 수준이다.

공양간 보살이 말한다.

"제사 지낸 후 큰 소리로 싸우고, 밥도 같이 하지 않고 그냥 가버려요."

그리곤 누구에게랄 것도 없이 한마디 덧붙인다.

"참 보기 좋아요. 드물어요."

십 년 넘게 이 절에서 부모님의 제사를 모셨다. '그동안 잘 모셔주어 고맙습니다'는 내 마음에서 올라온 기도이다. 한결같이 기일에 참석해준 동생들, 고맙다.

8월 15일(화): 문자 보내다.

병국 씨를 만난 것은 5년 전, 그가 와서, 이른 아침 텃밭에서 네 명이 하루를 열었다. 우리는 서로의 작물을 비교하고, 잘 키운다고 빈소리로 격려하며 텃밭 골짜기를 웃음으로 메아리치게 했다. 그렇게 해서 네 명이 저녁 시간에 가끔 만났다. 몇 번 만났는가, 한 사람의 비신사적인(?) 행위로 모임이 깨졌고, 병국 씨는 그렇게 텃밭에 나타나지 않았다.

병국 씨는 직장에서 나오자마자 텃밭 농사를 시작했다. 그런데 농사짓는 방법이 우리와는 달랐다. 거름을 듬뿍듬뿍 땅속에 묻는다든지, 고추 모종 사이에 구덩이를 파, 물을 흠뻑흠뻑 준다든지. 한 뼘 이상 자란 고추를 보여주었고, 드디어는 고추건조기까지 샀다는 말로 우리를 어리둥절하게 했다. 그런 그가 텃밭을 떠난 지 3년여 만에 통화를 하고 만났다.

병국 씨에게 문자를 보냈다.

'월요일은 횡재한 기분이었습니다. 사람도 술도 분위기도 좋았구

요. 다만 제 자랑이 많아 죄송했습니다. 건강하시고 다음을 기약하겠습니다. 감사!'

문자 왔다.

'저도 오래간만에 정말 즐거운 시간이었습니다. 선생님 덕분에 정신이 건강해지고 행복했구요. 만남 자체가 필연이라는 생각도 해봤습니다. 아무쪼록 건강하시어 저랑 같이 약주 할 수 있는 날이 오래가기를 기원합니다. 건강 또 건강하시기를.'

'좋아요.'

8월 16일(수): '이화'에 전화하다.

점심 메뉴로 25,000원, 30,000원 그리고 50,000원이란다. 일곱 사람이 점심을 먹고 지출해야 하는 비용을 한 사람이 부담한다고 생각하니 만만치 않다. 잘 알았다 하고 전화를 끊었다. 더치페이로 나누어 부담한다면 일 인당 5만 원도 괜찮지만.

현덕 선생에게서 전화 오다. 토요일 모임을 확인하고 싶어서였다. 이는 SNS를 생활화하지 않는 데서 오는 통화이다. 누군가는 현덕 선생의 SNS에 무반응을 탓할 수도 있다. 우리는 빠르게 주고받는 문자 속에서 하고 싶은 이야기를 한다. 만남의 날, 장소, 때를 정해야 할 때, 모임 중 한 사람의 묵묵부답은 약속하고 만남을 주선하는 사람에게 다소 짜증 나는 일일 수 있다. 그러나 그렇게 짜증을 낼 만한 일은 아니라 생각된다. 댓글 없는 경우에 오히려 왜 만나지? 그날의 내 일정은? 약속 시간에 맞추려면 교통수단은? 하며 나 자신을 한 번 더 확인하게 된다.

나는 현덕 선생의 전화를, 문자를 주고받는 것보다 불편하다고 생각하지 않는다. 오히려 그의 음성을 들을 수 있어 반갑다. 실시간 그의 목소리로 컨디션과 건강 상태가 짐작된다. 문자로는 표현되지 않는, 그날 아침에 한 일과 듣고 웃어넘길 수 있는 이야기가 오간다. 그래서 주고받는 덕담은 현실이 된다.

키스 앤 크라이 존

　피겨스케이팅, 실내 경기장을 가득 메우던 음악은 선수의 마지막 동작과 함께 멈춘다. 관중들은 휘파람을 불고, 환호성을 지르고, 박수를 쳐댄다. 선수는 코치가 있는 곳으로 왼쪽 오른쪽으로 슬쩍슬쩍 얼음을 지쳐나간다. 코치와 눈을 마주한다. 밀고 돌고 멈추고 도약했던 스케이트 날을 만지작거리기도 한다. 멀뚱하게 점수를 보여주지 않는 전광판을 힐끗댄다. 그치지 않는 환호에 두 손을 팔랑팔랑 흔들어준다. 아직은 두 손짓이 조심스럽다. '키스 앤 크라이 존'이다.

　드디어 전광판에 점수가 떠오른다.

　기대보다 높은 점수가 뜬다. 선수는 코치와 격하게 포옹하고, 서로의 얼굴을 비빈다. 기쁨으로 울음을 터뜨리기도 한다. 두 손으로 눈을 가리고 어깨를 들썩인다. 잠시 후 한 손으로 관중들에게 키스를 보내다, 이젠 두 손으로 마구 키스를 찍어 날린다.

　기대보다 낮은 점수가 뜬다. 고개를 숙이고 얼굴을 손에 파묻고 실망감을 꾹꾹 참는다. 코치는 선수의 어깨를 감싸고 다독인다. 스케이트를 벗고, 날을 정리하고, 작은 가방을 챙겨 힘없이, 뒤돌아보지 않

김후곤 수필집

고 경기장을 빠져나간다. '다시는 하지 않을 거야!' '다시 도전!!! 내 사전에 포기란 말은 없어!' 이렇게 중얼거릴까. 후련해하는 표정이 제일 많고.

개찰구를 나와 잘룩거리는 걸음으로 에스컬레이터에 오른다. 지하철 입구에서 20여m 거리에 방 씨의 일터가 있다. 도로를 등지고 보도를 향해 앉은, 이 '구두 수리 센터' 바로 앞에 굴월 옷가게, 그 양쪽에 분식집, 쿠크 대리점을 마주한다. 잠금장치를 풀고 문을 옆으로 밀어 안으로 들어간다. 방 씨가 매일 들어앉아 일하는 곳이다. 문 맞은편과 오른쪽으로 등받이 없는 장의자가 'ㄱ' 형태로 벽에 붙어있다. 왼쪽 끝에 앉는다. 바로 앞에 검고 튼튼한 공업용 미싱이 자리 잡고 있다. 언제든지 박음질할 수 있는 알맞은 거리다. 바로 옆, 대장간에서 쇠붙이를 담금질하는 데 꼭 필요한 모루가 있듯이, 구두를 손질하기 위해, 발바닥이 위로 향하고 있는 모루(징그레)가 '나도 여기 있소' 하듯 고정되어 있다. 한쪽 벽에 두 개의 정리 상자가, 몇 단으로 나뉘어 있고, 또 작은 칸들로 빼곡하다. 손 닿는 곳에 너덧 개의 집게가, 구두약이 널브러져 있고, 통조림통보다 조금 큰 왁스통이 여럿이다. 벽에 걸어놓은 철망에는 온갖 종류의 끈이 타래처럼 걸려있어 너덜하다. 삼면을 둘러 선반이 올려져 있다. 손님이 맡겨놓은 구두, 밑창과 깔개가 수북하다. 정리되지 않고 그때그때 손에 닿는 대로 올려놓고, 시간이 지나면 치워지는 물건들이다.

방 씨는 돈벌이에 대해 이야기하지 않는다. 대신 세상살이에 대한 말이 끊임없다.

"여성용은 무조건 예뻐야 하고, 남성용은 그저 편안해야!"

고향에 갔다 온 이야기로 껑충 뛴다.

"차암. 도로, 엄청나데요. 뚜욱 잘라 길을 만들고, 뻥 뚫어 눈 깜짝할 사이에 산 반대쪽으로 쏘옥 나가더라니까요."

잠시 뜸을 들이는가.

"차 타고 숙숙 지나다니니 언제 땅 한번 밟아보는지…."

손바닥만 한 투명 '락앤락' 안에 김치가 어른거린다. 내가 슬쩍 둘러보니 라면을 끓일만한 도구가 보이지 않는다.

"컵라면 드실라구요?"

"그렇지요."

분명하지 않은 중얼거림으로 말을 잇는다.

"동네 노인들, 참 안됐어요. 이 좁은 가게 안으로 밀고 들어온다니까요. 선생도 보았죠? 가게 앞에서 우리들 막걸리 한잔하는 거. 노인이 막걸리 한 통 사오고, 내가 컵라면 끓이고, 김치. 그거면 충분하죠."

'이 짓'이라고 한다. 50년 했단다. 그러면서도 자식을 키우고, 공부시키고, 시집·장가 보냈단 소리는 끝까지 한마디 하지 않는다.

방 씨의 말로 막을 내린다.

"여기, 내 일터. 한 평보다 클랑가? 사람이 죽으면 꼭 요만한 평수에 묻히는 것이고!"

'와락' 안아주고, 자신을 위해 '왈칵' 눈물을 흘리고, 우리의 가슴을

김후곤 수필집

'뭉클'하게 하는 삶에 나는 박수를 보낸다.

  평생 다른 사람의 눈에 띄지 않는 삶을 살다 조용히 죽는 사람이 있다. 이들은 고개를 크게 끄덕이거나 요란한 제스처로 인사말을 나누지 않는다. 때로 투박하기까지 하다. 이런 삶을 이어가는 사람을 보지 못했다고 해서, 이런 사람이 없다고 할 수 있는가. 자신의 위치에서 주어진 몫에 묵묵히 하루하루를 나아가는 사람. 나는 이런 사람의 이야기에 귀를 기울인다.

그저 하루하루

아침마다 텃밭을 들여다보던 경이로움은 아직까지 생생하다.

하늘은 파랗고, 숨은 매끄러웠으며, 서로 부르고 답하던 새 소리가 경쾌했다. 야트막한 산 너머에서 컹컹 개 짖는 소리, 에둘러 방향을 알 수 없는 곳에서 닭의 홰치는 소리가 들렸다.

가지와 노각이 주렁주렁 매달렸다. 풍작이었다. 풍작이란, 두 식구가 먹고 남을 정도를 말한다. 이웃의 주소를 확인하고, 그 몇몇에게 우체국에 가 택배로 보내주었다. 틀림없는 풍작이었다. 완두콩과 강낭콩은 통통히 여물어, 싹이 트고 자라고 꼬투리를 맺을 때까지 줄곧 햇빛을 가득 받은 모양이었다. 이 콩들은 가을까지 밥솥에서 구수한 냄새를 풍겼다.

그러나 서리태는 여전히 풀지 못할 숙제로 남아있다. 4년째 심었는데, 매년 제대로 매달린 콩 꼬투리 하나 볼 수 없었다. 풀지 못한 또 하나의 숙제, 고추 농사. 장마철이 지나면 어김없이 탄저병으로 길쭉길쭉하고 빨갛고, 고춧대는 여전히 시퍼렇고 튼실하던 것들이 하얗게 썩어버렸다. 안타까운 마음에 왜? 왜? 소리 지르는 내 목소리가 고추밭을 뒤덮었다. 내년으로 미루어 놓을 수밖에 없는 일이었다.

한여름에 무는 씨뿌리고, 배추는 모종을 심었다. 장마철이 그렇게 지나가고 높아지는 하늘만큼 무와 배추는 잘 자랐다. 나뭇잎과 풀들이 조락(凋落)할 때 무와 배추는 더욱 파랗고 싱싱했다. 무와 배추를 심는 일은 한두 계절을 미리 내다보는 행위임을 나는 몸으로 받아들였다. 채를 썰고 배춧속에 양념을 버무릴 때 아내의 함박웃음도 함께 버무려졌다.

텃밭에 씨를 뿌리고, 모종을 심고, 무 배추를 수확하는 사이에 세월이 지나갔다. 그 속에 시간이 들어있었다. 가벼운 마음으로 뒤돌아보니, 크게 나아진 것은 눈에 띄지 않고, 제자리걸음으로 종종거렸다. 물론 앞으로 한 발짝 내딛지 못한 일도 있다.

아침마다 영어로 혀를 굴려보고, 『시경』『장자』, 이해의 깊이는 초보자 수준으로, 앞 못 보는 이가 점자책 보듯 꾸준히 더듬거리고 있다. 공책에, 컴퓨터에 결과를 남겼다. 일간지 '조·중·동'에서 인문학 기사를 읽고 발췌하고 갈무리하는 일련의 과정은 스스로 좋아해 하는 일이다. 일 년의 독서량은 100권이 넘을까.

《수필시대》에 '오매수필'을 연재하는 일은 참으로 소중하다. 오매수필은 '천자(千字)수필'이라고도 한다. 좁은 지면에 서론 본론 결론이나 기승전결로 짜여야 하고, 균형감각을 유지한 명료한 글이어야 한다. 나는 도덕적인 교훈이나 반성, 각오, 다짐, 미래를 제시하는 쪽보다는 '재미'를 우선하는 글을 선호한다. 내 글이 읽힐 만한 글이라기보다는 잡지사의 배려와 문우들의 이해로 이어지는 연재라 생각한다.

　평창과 청송의 문학기행, 일박이일은 처음 있는 일이었다.

　면 소재지에 위치한 자신의 고향에 문학의 집을 여는 일에는 관심이 많았다. 나도 한때 이런 집을 갖는 꿈을 꾸었던 적이 있다. 내가 갖고 있던 책 400여 권을 기증해 더 관심이 있었다.

　청송에 가기 전, 『객주』를 읽어보려 했으나, 갈 때마다 열 권 중 첫 권이 대출 중이어 읽지 못했다. 읽어보고 갔더라면 '객주박물관'에 대한 이해가 훨씬 깊었으리라. 김주영 작가가 수집해 놓은 책 중 성(性)에 관한 책이 여러 권 진열되어 있어 나는 혼자 벙싯거렸다. 왜 벙싯거렸을까.

　'현덕'의 자서전 원고를 11월에 탈고했다. 즐거운 마음으로, 술 한 잔씩 나누며 써 내려간 것이 벌써 3년이 지났단다. '명창'의 섬세함과 끈질김에 기분이 수꿀해지기까지 했다.

　그렇지. '小泉'이란 호를 선생께서 내려주셨다. 내 삶에 새로운 이정표를 제시해 준 사건이었다. 내 가슴이 두툼해서가 아니라 나에 대한 선생의 애정이라 생각했다. 옹달샘처럼 살아가라 하신다. 그렇게 살아가야겠지.

　K의 사위, 5년 동안 개척했는데 신도 수가 채 열 명도 되지 않는, 아주 가난한 개척교회 목사다. K는 술자리 때마다 개척교회의 사정에 늘 안타까워했다. 술 한 잔 더 달라는 자포자기한 모습을 보이고, 세

상이 다 그렇지 뭐, 하며 체념하기도 했다. 목으로 넘긴 술은 눈으로 나와 눈물이 되었다. 이 사정을 여러 번 들은 '좋은 비'라는 친구가 이 개척교회에 500만 원을 헌금했다. 우리 셋은 자기가 먼저 이야기해야 한다며 술잔을 들고 소리소리 질렀다. 한밤중 K는 양천으로, '좋은 비'는 과천으로, 나는 분당으로 각자 택시를 호기롭게 불러, 타고 갔다.

움직이지 않으면 자취도 없다. 움직이므로 흔적이 남는다.

오늘과 내일이 크게 다르지 않듯 올해와 내년도 달라지지 않을 것이다. 그러나 몇 년의 시간을 되돌아보면, 아이들은 훌쩍 자랐고, 내 주름은 깊어졌다.

내가 읽은 책의 두께, 만난 사람들과의 인연이 차곡차곡 쌓이면 나도 모르는 사이에 자람이 있을 것이다.

그저 하루하루를 헤쳐나간다.

4부

—

모든 것은
바람에 흔들린다

대영제국은 내분도 없었고, 외부에 침략해 들어오지도 않았다. 각 가정마다 해외에서 식민지나 자치령을 다스리는 친척들이 적어도 한 명씩 있다 해도, 또 군인이 되어 파견나갔다 해도, 그건 해외에서의 일이지, 이곳의 일은 아니었다. 식민지 사람들이 이곳에 와서 자리를 잡으려 하지 않았다.

—『런던 스케치』(도리스 레싱)에서

'건국전쟁'을 보다

어머니는 나에게 이런 말을 한 적이 있다.

"큰 집에서 제금* 내어 나올 때 숟갈 두 개, 젓가락 두 개였다. 언제나 배를 곯았고. 참 징글징글하게 일도 많이 했다."

나는 배고픔이라는 것을 알지 못했다. 끼니때면 어김없이 밥을 먹었고, 하루 종일 들이나 산비탈에서 뒹굴다 배고프면 집으로 달려왔고, 밥상을 둘러싸 머리를 맞대고 동생들과 함께 밥을 먹었다. 보리가 들어있는 가마니는 사랑방에 겹겹이 쌓여있고, 감자는 마루 밑에서 뒹굴었으며, 가을에는 뒤주에 벼가 그득했다. 윗방 윗목에 내 키보다 큰 밀집 방석으로 둘러쳐진 저장고에는 한겨울 동안 고구마가 온돌방의 열기로 훈훈해진 냄새를 풍기고 있었다.

친구 집에서 놀다 친구의 어머니가 '너도 집에 가서 밥 먹어야지' 하며 나를 밀어냈다. 부엌 앞을 지나면서 슬쩍 들여다보니, 바가지 두어 개, 간장 한 그릇과 얼른 알아볼 수 없는 짠지 비슷한 것이 부뚜막 위에 있었다. 이 집 식구들이 먹어야 할 것들이었다. 바가지 안에는 무를 채 썰어 넣고 지은 밥으로 김이 모락모락 피어오르고 있었다.

나는 얼른 집으로 뛰어왔다.

"엄마, 나도 무수밥 해줘."

우리 집은 일 년 농사를 지으면, 시장에 내다 팔 정도의 산출량은 아니었다. 하지만 하루 중 한 끼라도 반드시 건너뛰어야 할 만큼 가난하지 않았다는 사실을, 나는 더 커서야 알게 되었다.

20여 년 전, 나의 고향 집은 거대 기업에 의해 토지가 수용되면서 사라졌다. 이때 보상 문제로 토지 대장을 확인했고, 1950년대에 아버지의 토지가 늘어난 것을 보게 되었다. 그때는 토지 대장에 등재된 평수와 보상받게 되는 숫자를 비교 대조하는 데 급급했다. 나중에 가서 내 머릿속에 남아있는 궁금증이 가끔 불쑥불쑥 튀어나오곤 했다. '숟가락 젓가락 두 벌만 갖고 큰댁에서 살림을 차려 나왔고, 보잘것없는 환경이었을 터인데 나는 어찌해 배고픔을 모르고 자랐는가' 하는 의아심이었다. 1950년도에 실시한 토지개혁과 아버지의 부지런함에서 궁금증을 풀어보려 했다.

'건국전쟁'을 보았다.

1945년 해방, 북은 공산주의 독재국가로, 남은 자유 민주주의 국가로, 서로 다른 길을 걸었다. 해방, 건국, 6·25 전쟁, 4·19를 거치면서 보여주는 이승만의 행보를 다룬 영화(다큐멘터리)였다. 우리는—나는 혼자였으며, 150여 석의 좌석을 꽉 채운 사람들—이 영화가 끝나자 모두 일어설 듯이 들썩이며 박수를 쳤다. 이렇게 꽉 채운 극장에서, 한 곳을 바라보며 함께 환호해 보기는 얼마 만인가.

해방 후에 남과 북은 토지개혁을 실시했다.

북한은 지주의 땅을 무상몰수하고 인민들에게 무상 분배했다. 평생을 소작인으로 살아온 인민들은 자기들에게 농사지을 땅을 나누어준다는데 —그것도 무상이란다— 두 손을 들어 환영하고 만세를 불렀다.

추수철이 지나고 모든 생산물을 중앙공산당으로 공출해야 했다. 그리고 똑같이 나누어야 한다는 배급제로 식량을 받았다. 내 땅이라 하고 농사를 지었으나 수확된 농산물은 모두 공출하고 겨우 먹을 만큼만의 양식을 배급받는 사실을 차차 몸에 익히게 된 인민들은 노동의 진정성을 잃어, 해가 갈수록 수확량은 떨어졌다. 북한은 지주가 없어진 대신 중앙공산당이라는 새로운 '지주'가 생긴 것이다. 그리고 인민들은 여전히 소작인으로 남게 되었다.

대한민국은 지주에게서 유상 몰수를 했고, 농민에게 유상 분배를 했다. 일정 지분의 토지를 제외한 땅에 대해서 유상 몰수했다. 소작인에게는 유상 분배였는데, 평생 소작인으로 살아온 사람들에게 토지 대금을 지불할 능력이 없었으므로 5년 동안 상환하는 방식이었다. 소작인은 해마다 소출량의 80% 이상을 지주에게 바쳤는데, 해마다 토지 대금의 30%씩 상환하고, 그것도 5년 후에는 내 땅이 된다는 꿈과 같은 제도였다. 소작인들은 열심히 일했으며, 그로 인해 남는 농산물을 내다 팔아 여유가 생기게 되었고, 이 여유가 자식들의 교육에 눈을 뜨게 했다. 전쟁이 터지자 국민들이 앞장서 전선으로 달려가게 한 것은 이렇게 생긴 자신의 땅을 지키려는 몸부림이었다고 해석하는 사람도 있다. 농민들은 자유 경제인이 되었다.

지구상에는 한때 토지개혁을 실시한 나라가 많았다. 동남아의 여러 나라 특히 필리핀이 그렇고, 멕시코, 남아메리카 그리고 아프리카 등이다. 그러나 이런 나라들의 토지개혁은 실패했고, 그래서 지주가 지금도 여전히 군림하고 있으며, 소작인들은 가난한 삶을 살아가고 있다.

내가 초등학교 다닐 때 아버지는 □자형 집을 지었다. 나는 배고픔을 모르고 자라 상급 학교로 올라가고, 직장을 얻었으며, 평생을 살면서, 지금은 서울의 동쪽 끝자락에서 글을 쓴다며 일주일에 한 번씩 모임에 나간다. 누가 뭐래도 평범하고 안존한 생활을 하고 있는, 지금의 나를 있게 한 것은 70여 년 전에 실시되었던 그 토지개혁에서 시작되었다는 생각이다.

물론 아버지의 부지런함도 잊지 않고 있다.

제금: '딴살림'이라는 뜻의 방언

김후곤 수필집

추렴

"돼지고기 먹고 싶다아."

젊었었지. 몇 사람이 모여 추렴하고, 돼지를 잡았다. 집에서 키우던, 어느 집의 가축이었다. 흥정을 하고 모인 사람들끼리 역할을 맡아 도축했다. 한동안 타지에 나가 날품팔이 했던 녀석이 아는 척했다.

"도세기추렴˚!"

돼지를 잡는 곳에는 가마솥이 걸리고, 물을 끓였다. 나 같이 심약한 녀석은 갈매기살, 간 한 점에 소주 한잔하는 걸로 족했다. 아궁이에서 긁어낸 장작불에 내장부터 구워 먹었다. 어느 집에서는 아침저녁으로 돼지에게 먹이를 주면서 잘 먹고 어서 크거라 하며 주문하곤 했다. 키워서는? 결국 장날 팔거나 우리 같은 패거리들에게 넘겨주게 되리라는 것을 주인이나 그 집 식구들은 잘 알고 있었다.

슈트 컨베이어는 좁아지다 꺾이고, 한 마리에 맞을 정도로 좁아진다. 다리와 허리가 가까스로 끼는 칸막이 안으로 들어가자 뒤에서 육중한 문이 닫힌다. 철컥! 철컥! 슉! 소리가 나고, 퐁! 퐁! 소리가 들린다. 머리를 넣을 구멍이 저절로 드러난다. 목 주위로 철제 죔쇠가 꽉 조인다. 밑의 마루가 꺼지고 차가운 강철 굴대가 소의 몸을 들어 올린다. 뒷발 하나로 뒤집힌 채 매달린 소가 보인다. 이마 한가운데, 두 눈 중앙에 구멍이 나 있다. 체인톱을 든 남자가 소의 목을 잘라낸다. 목은 가로로 깨끗하게 잘려 나간다. 목에서 피가 뿜어져 나와 바닥에 쏟아진다. 핏물이 세차게 흘러내린다. 잘려져 떨어진 머리를 금속 탁자 위에 놓는다. 전기톱을 든 남자, 단추를 누르자 톱이 비명을 지른다. 뿔 하나 잘리고, 다시 하나가 잘린다. 남자는 뿔을 집어 바닥에 내던진다.

짧은 칼을 쥔 남자가 소의 입 한쪽을 자른다. 이어 턱을 벌려 목구멍에 칼을 깊숙이 넣어 혀를 잡아당겨 재빠르게 자른다. 그 남자는 소 입술을 잘라내고, 소머리를 컨베이어 위에 던진다. 얼굴이 해체되고 가죽이 남아있는 머리는 이동 고리에 걸려 사라진다. 이동된 소의 몸통은 한 남자에 의해 앞다리 두 개가 잘리고, 또 다른 남자에 의해 뒷다리가 잘려진다. 이어지는 작업장에서 배를 길게 자르고, 등뼈도 잘린다. 몸통을 반대로 돌려 가죽을 벗겨낸다. 빨갛고 노란 창자가 드러난다. 다리와 허벅지, 엉덩이에서 가죽을 벗겨 통 속에 던진다. 몸통이 트롤리에서 뱅글뱅글 돈다. 두 남자가 배를 활짝 벌리고, 내장을 도려내 탁자 위에 펼쳐놓는다. 몸은 텅 빈다. 중요한 장기는 바구니에 담겨 카트로 이동하고, 자질구레한 부산물은 내장과 엉덩이 부분과 함께 버려진다. 마지막 작업장, 신속한 톱질 두 번으로 세 부분으로 나눠진다. 옆구리 두 개는 고리에 걸리고, 등뼈는 바닥 위에 떨어져 쌓인다.

바닥에는 피가 흥건하고, 그 시뻘건 웅덩이에서 김이 무럭무럭 피어오른다. 수많은 소가 발버둥을 치다가 순식간에 뻣뻣해지고, 하얀 몸통들이 허공에 대롱대롱 걸려 있다. 바닥에는 몸통에서 쏟아져 나온 창자와 위장, 뇌와 염통과 허파, 간과 혀들이 널려 있다.

—『꿈꾸는 황소』(션 케니프) 116~122쪽에서 발췌

이렇게 해서 소와 돼지고기는 정육점의 붉은 조명 아래에 먹음직스럽게 진열된다. 사람들이 이를 보고 말한다.

"육즙이 풍부하지요?"

"식감이 좋아야 해."

"마블링이 뚜렷한가?"

돈으로 사고파는 상품이 된다. 상품으로 취급되는 순간, 고기는 '얼마나 싼가?' '맛있니?'로 평가한다. 생명체는 보이지 않고 돈만 남는다. 돈을 주고 산 물건이니 내 마음대로 한다. 먹고 남은 것은 일회용 쓰레기가 되어 그냥 버린다. 더 많이 죽이고 마구 욱여넣다시피 먹고, 툭툭 털고 일어나 음식점을 나가면 그만이다.

집에서 키우던 가축을 잡아먹던 시절, 돼지를 키운 그 집 식구들에게 미안해했고, 알맞은 가격으로 내주어 고마워했다. 그 돼지에게도

미안하고, 고마워했다.

오늘 점심은, 곰탕? 시래기? 김치찌개? 무엇이든, 한때 펄펄 살아 있는 생명체였다.

도세기추렴: 돼지고기가 먹고 싶을 때, 가까운 사람들끼리 돼지를 잡아먹는 일.

수상한 전동차

파 다듬는 여자

'11:07'에 도착하는 판교 방향 전동차를 타기 위해 엘리베이터를 이용, B3로 내려간다. 문이 열리자 익숙한 시큼한 냄새가 맡아진다. 이 익숙한 냄새, 전동차와는 전혀 어울리지 않는다. 11시 2분이다. 나는 지하철 대기 통로를 천천히 걷는다. 다른 이는 핸드폰 '삼매경'이다. '아, 그렇군!' 하면서 익숙한 냄새의 정체가 보인다. '그런데, 왜? 여기서?'

한 여자가, 왼쪽 무릎과 발을 의자에 올려놓고 쪽파를 손질하고 있었다. 비닐봉지 속에서 흙투성이인 파를 꺼내 살살 흙을 털고, 손톱으로 뿌리를 똑똑 끊었다. 흰 쪽파 머리가 드러나고, 줄기를 다듬고, 다른 비닐봉지에 가지런히 넣었다. 일련의 동작에 거침이 없었고, 주눅들지 않았다. 잠시 후 열차가 도착한다는 안내 방송이 우렁우렁했다. 여자의 손놀림은 더 빨라졌다.

주위 시선에 아랑곳하지 않고 쪽파를 다듬는 그 여자를 보면서 나는 느닷없게도, 저세상으로 가신 어머니가 생각났다. 그리고, 대문과 부엌문, 방문이 떠오르고, 오동나무, 살구나무, 호두나무, 감나무가 있는 마당이, 뒷간이 줄지어 지나갔다. 돼지가 꿀꿀거리고, 논밭과 마을을 둘러싼 산등성이에서 뻐꾸기가 '꾸꿍'대고 있었다.

나는 시간을 확인한다. 전동차 도착 3분 전이다. 여자의 손놀림은 더욱 빨라졌다. 안내 방송이 간절해졌다. '더러워진 손은?' 나는 흙이 묻어있기라도 한 듯, 내 손을 들여다보았다. 쓸데없이 조마조마한 마음으로 여자의 행동을 주시했다. 여자는 다듬은 쪽파가 들어있는 봉투를 힘주어 접어 가방에 넣었다. 그리고 맨손으로 의자 위에 떨어진 부스러기를 쓱쓱 쓸어 또 다른 비닐봉지에 담았다. 의자 밑의 부스러기도 모아 담았다. 의자 옆에 있는 쓰레기통에 봉투를 거꾸로 들어 털었다. 비닐봉지를 접어 가방에 넣고, 푸른색 행주(틀림없이 행주였다)를 꺼냈다. 행주로 의자 위와 아래를 빠르게 닦았다. 그 행주를 쓰레기통에 살살 털었다. 두 손에 묻은 흙을 행주로 꼼꼼히 닦았다. 손톱 밑의 새까만 흙도 긁어내는 듯한 손놀림이었다. 행주를 착착 접어 가방에 넣고 일어서더니, 윗옷을 허리 쪽에서 잡아당겨 옷매무새를 다독였다.

전동차 대기 의자에서 쪽파를 다듬어야 하는 저 여자는, 여기서라도 다듬지 않으면 안 될 절박함이 있을 거라 생각했다. 그 절박함을 내가 어찌 짐작할 수 있겠는가. 그러면서 마지막으로, 사형수가 원하는 '한 끼'를 베풀어준다는 이야기를 떠올렸다. 저 여자도 누군가와의 약속을 지키기 위해, 이런 장소에서 쪽파를 다듬은 것은 아닐까. 상상은 나래를 펴지만 쉽게 아귀를 맞추지 못했다.

김후곤 수필집

전동차가 들어오고, 그 여자는 누구보다 먼저 전동차에 올랐다. 씩씩하고 당당한 모습이었다. 전동차를 기다리며 자투리 시간에 쉬지 않았다. 무엇이 저 여자를 저렇게 만들었을까.

'종삼' 늙은이

나는 판교역을 거쳐 신사역에서 다시 한번 갈아탔다. 규칙적인 리듬으로 경쾌하게 달리는 전동차가 한강을 건너고 있었다. 전동차 안에서 내다보이는 한강은 뿌려놓은 금가루로 한없이 반짝이고 있었다. 경로석 세 자리에는 나와 어느 노인이 양쪽 끝에 앉은 모양새였다. 노인 쪽에서 중얼거리는 소리가 간간이 들려왔다. 한강을 건너자 약수역에 대한 안내 방송이 차 안을 꽉 채웠다. 웅얼거리던 소리가 조금 또렷해졌다.

"약수동, 내가 살던 때는 평당 3만 원이었는데, 지금은 3천만 원이랍니다. 그냥 가지고 있었더라면 지금쯤 나도 부자가 되었을 텐데. 뭔 세월이 이렇게 복잡한지."

독백이던 말이 이번에는 누군가에게 던지는 말투였다. 나는 이 말투에 시야를 넓히며 고개를 살짝 돌렸다. 내가 듣고 있음을 확인이라도 한 듯, 대화 상대가 생겼다고 생각했는지 목소리가 똑똑히 들렸다.

"40억짜리를 70억에 팔아, 건물 주인에게는 40억을 주고, 나머지는 부동산 중개인이 떼어먹었다는구먼. 그래서 아주 잘살고 있답니다. 허어~"

　나는 아직 고개를 돌리지 않고 움직이지 않는다. 이 노인을 나는 하찮게 '늙은이'라 단정지었다. 그러면서도 내 귀는 그쪽으로 활짝 열려 있었다. 늙은이가 말했다.

　"어디까지 갑니까?"

　나는 이 질문에 어이없어한다. 그렇다고 이 물음을 못 들은 척하지 못했다.

　"을지로3가까지 갑니다."

　나는 천천히 고개를 돌려 늙은이를 보았다. 작은 체구에 수염은 나 보지 못한 얼굴이 허엽스러웠고, 입술이 얇았다. 점퍼에 검은색 바지, 모란장에 가면 쉽게 누구나 살 수 있는 운동화를 일별했다. 옷차림은 비교적 단정한 모습이었다.

　"나는 종로 3가에 갑니다."

　자기를 바라보는 나를 보더니 '이제 됐어' 하는 듯 목소리에 자신감이 붙어있었다.

　"종삼에 가면 여자가 있는디."

　지방 사투리가 살짝 튀어나왔다.

　"한 달에 4천5백만 원을 번다고 여자가 말합디다. 우리 같은 사람에게는 5만 원을 받고, 양복 입은 신사들은 돈을 아주 잘 쓴답니다. 50만 원도 주고, 100만 원도 주고. 그래서 한 달 벌이가 그 정도가 되고, 넘을 때도 있다니. 참, 허어~"

　　　　　　　　　　　　　　　　　　　　　김후곤 수필집

전동차를 기다리며 파를 다듬는 여자를 보았고, 돈 이야기를 자꾸 꺼내는 늙은이를 만나, 전철 속에서 함께 덜컹거렸다. 전동차가 수상하다 생각했다.

오늘은 왜 이러지? 이런 인연은 내가 만든 것이 아니다. 인연은 내가 만드는 것이 아니고 우연일 소지가 크다.

발목쟁이

　어렸을 때, 말 만한 누나가 있었다. 크게 부르면 대답할 수 있는 이웃이었다. 걱실걱실하며 재바른 일솜씨로 동네의 미더움을 받았고, 또한 항상 웃음 띤 작은 얼굴, 나는 그녀를 무척 따랐던 모양이다.

　"춘수야, '다마' 만들어놓았다!"

　나는 밥숟갈도 집어던지고 누나네 집으로 달려갔다. 누나도 나를 아꼈음이 틀림없다. 이 누나, 눈에 맞는 총각이 있었고, 밤마다 어둠 속으로 들어갔다가 이슬 맞으며 살그머니 집에 들어오곤 했는데, 이런 비밀스러운 일은 대개 그렇듯이 누군가 우연히 알게 되었고, 동네에는 입방아 찧는 소리가 가득했으며, 개울 건너 앞마을까지 건너갔다 되돌아오고서야 누나의 아버지 귀에 들어갔다. 귀에 들어간 말은 아버지의 가슴을 갈가리 찢어놓았다. 분노와 창피함으로 새까매진 얼굴, 산발한 모습으로 펄쩍펄쩍 뛰면서 소리소리 질렀다.

　"이년~. 발목쟁이를 잘라버려. 작두 가지고 오라니까!"

　나는 실팍한 엉덩이를 받쳐주는 발목이 없는 누나를 떠올리고 덜컥 주저앉아 발버둥치며 목소리가 쉬도록 울었다.

작년, 벌에 쏘였다. 오른쪽 발목 근처였다. 따가운 통증이 대바늘로 찌른 듯 아팠다. 몇 번 팔짝팔짝 뛰다가 그날은 그렇게 지나쳤다. 이 튿날, 계단식 채소밭 옆에서 또 벌에 쏘였다. 역시 발목 근처였고, 왼쪽 한 방, 오른쪽 한 방이었다. 갑작스레 습격해온 통증으로 나는 경중경중 뛰어다녔다. 기억된 어제의 통증이 쓰나미가 되어 밀려들었고, 파랗던 하늘은 순식간에 캄캄해졌다. 통증에 집중된 의식으로 세상은 일순 조용해졌다. 폴짝폴짝 뛰다 쭈그려 앉아 발목을 양손으로 쓰다듬어 보았다. 저릿저릿한 부위를 들여다보았으나 흔적이 보이지 않았다. 통증은 신체 부위를 따라 흩어지지 않고 한곳에 뭉쳐 있었다. 뭉쳐 있어 더 아프게 느껴졌다. 잠시 숨을 고르고, 벌에 쏘인 곳으로 살금살금 기어가, 계단식 밭을 만드느라 합판을 댄 곳을 찬찬히 들여다보았다. 합판 사이의 틈, 키 낮은 풀이 있는, 작은 구멍 사이로, 벌이 머리를 막 내밀고 있었다. 그리고는 쌔앵~ 하고 날아갔다. 이제는 어디에선가 날아온 벌이 구멍 앞에서 유유히 몇 번 날갯짓하더니 구멍으로 쏘옥 들어갔다. 드디어는 구멍에서 나오는 벌, 밖에서 돌아온 벌들이 마치 오일장이 사람들로 북적대듯이 분주했다. 벌집이었다. 내가 채소에 물을 주기 위해 벌집 가까이 지나가게 되었고, 근처의 풀에 내 발이 스치면서 벌들을 놀라게 한 것이리라.

이튿날부터 내 발목은 가렵고 쓰리고, 속에 들어있는 무엇인가가 콕콕 찔러대는 듯한 아픔이 이어졌다. 가려우면 손바닥으로 살살 쓸어보는 것이 고작이었지만 박박 긁고 싶은 마음을 꾹 참아야 했다. 동전만 한 반점은 이제 검붉은색으로 볼록 불거졌고, 침으로 쏘인 곳에서는 농이 흘렀다. 나는 써버쿨(모기·벌레에 물린 후에 바르는 액체)을 문지르기도 하고, 머큐로크롬액(옥도정기, 빨간약, 아까징기)을 발라보았으나 가려움과 통증은 여전했다. 결국 피부과에 가 주사를 맞고, 전문의약품 연고를 처방받았다. 여름과 함께한 벌침의 새까만 상처는 가을까지 양쪽 발목에 자리 잡고 있었다.

두 발목의 검게 변색된 부분을 손바닥으로 무심히 쓸고 있는데, 머릿속이 환해지면서 고향이 그려지고 이내 장면이 바뀌어 작두를 가지고 오라는 소리가 들렸다. 누나의 아버지는 왜 발목을 자른다고 했을까. 그 소리에 내 생각이 올라탔다. 좋아하는 사람을 만나고 싶어 하는 것은 발목이 아니라 마음임을 그녀의 아버지도 알았을 터이다. 그리고 그런 마음의 흐름은 자연스러운 일이며 누구도 막을 수가 없다는 것을 그녀의 아버지도 경험해 보지 않았을까. 다 큰 딸이 혹 잘못되어 상처를 입지 않을까 안타까워하며 지른 소리였을 게다. 발목을 들먹여 딸의 마음을 크게 경계하려는 행위였을 거야, 내 생각은 이렇게 흘렀다.

다시 발목을 쓸면서 생각의 물꼬를 텄다. 이 발목의 상처는 내 마음의 어떤 부분을 경계하려 함이었을까. 세끼 꼬박꼬박 챙겨 먹고, 피곤한 일을 멀리하면서 밤에는 어김없이 잠을 잘 잔다. 오늘은 어제 같고, 내일도 오늘 같으리라는 평이하고 안일한 모습이었다. 잊었던 일이 영상이 되어 떠올랐다.

김후곤 수필집

독거노인에게 '하루 한 끼'라는 간판을 내건 사무실을 찾아갔다. 어떻게 왔냐며 사무실을 찾아온 것만도 자기들은 행복하다고 좋아해 나를 어리둥절하게 했다. 팀장은 단체의 성격, 하는 일, 실태를 설명했고, 가장 어려운 것은 봉사자가 부족하다는 이야기도 했다. 설명을 들으며 내가 할 수 있는 일을 생각했다. 내 자동차로 도시락을 나르고, 함께한 사람은 독거노인 집에 가 도시락을 전해 주고 돌아올 때까지 기다리며, 다시 다른 독거노인 집으로 향하는 일이었다. 일주일에 세 번, 오전 10시부터 오후 2시까지였다. 내가 자동차까지 제공할 수 있다는 말에 팀장의 눈이 휘둥그레졌고, 다음 주에 다시 찾아와 결정하겠다고 했다.

"꼭이요! 기다릴게요!"

그게 끝이었다. 나는 십여 년이나 그 일을 까맣게 잊고 있었다.

올해 또 벌에 쏘였다. 이번에는 오른쪽 가운뎃손가락 끝이었다. 손가락 끝부분은 통증이 방울토마토가 되어 3일 동안 매달려 있었다. 이 '토마토'는 나에게 무엇을 경계함인가.

홍수

　나는 항상 아래로 내려간다. 나라고 하기보다는 우리라고 해야 하겠다. 내 속에 우리가 있고, 우리 속에 내가 있다. 그러니까 나와 우리는 하나이다.

　나는 아주 작은 틈에서 시작한다. 이곳저곳에서 살살, 슬금슬금 모여들며 재잘댄다. 만남이 잦을수록 나의 몸집은 커진다. 내려가며 좁은 곳을 지나고 서로 몸이 부딪쳐 와글와글 소리 지른다. 넓은 지역을 지나갈 때, 모두는 조용해진다. 가만히 귀를 기울여만, 깊은 곳에서 속살거리는 소리가 들린다. 평평하던 길이 갑자기 끊어지고 낭떠러지를 만난다. 우리들은 거침이 없다. 서로 몸을 껴안고 소리 지르며 떨어진다. 늘 앞으로 나가는 것을 좋아하지만, 세상은 우리가 반듯하게 나아가는 것을 그대로 놓아주지 않는다. 큰 산이 앞길을 막는다. 힘껏 산에 부닥쳐 보지만 상처를 조금 냈을 뿐, 할 수 없이 흐름에 몸을 맡기고 방향을 바꾼다. 커다란 바위가 모여있기도 하다. 주저하지 않고 바위를 타 넘거나 에돌아 나간다. 우리는 그렇게 내려간다. 움푹 파진 구덩이를 만난다. 가장 낮은 곳으로 조용히 머뭇거리지 않고, 그러나

거침없이 밀고 들어간다. 넘칠 때까지 기다리고, 비로소 또 다른 낮은 곳을 찾아 두리번거린다. 우리들의 목적지는, 어디에서 시작되었든 모두가 같다. 그곳에 닿기 위해 흐트러짐이 없다. 우리가 실뭉치라면 일사불란이다.

넓은 들 한가운데에서 우리들은 조용하고 편안해진다. 폭염으로 아지랑이가 되어 하늘로 올라가는 친구, 좁은 길을 따라 논과 밭으로 흘러가 동물과 식물에게 생명을 불어넣는 친구, 뜨겁게 달구어지는 것을 식히기 위해 자신의 몸도 함께 달아오르는 친구가 있다.

강한 비구름대가 동서로 길고, 남북의 폭이 좁아 이동 속도가 느려 천둥, 번개를 동반한 강한 비가 내린다. 산사태가 나고 저지대가 침수 되고, 하수도와 우수관, 배수구가 넘쳐 사람을 빨아들인다.

화석 석유 원료 사용으로 지구가 뜨거워진다. 비료 과잉 사용, 매립 쓰레기의 메탄가스, 에어컨 사용량의 증가로 인한 온실가스가 증가 한다. 삼림의 벌채로 비가 내리면 땅속에 스며들지 못하고 곧바로, 내 리자마자 흐른다.

우리들은 갑자기 서로 만난다. 만남만큼이나 몸집도 그렇게 커진 다. 몸집이 커지면서 흙과 모래도 함께 해 우리들은 누렇게 변한다. 서로 몸을 밀치고 부딪치며 도도하게 소리 지르며 아래로 급하게 내 려간다. 내려갈수록 이쪽저쪽 골에서 밀려오는 친구들로, 스스로 제 어할 수 없는 엄청난 힘이 생긴다. 아우성치며, 이제 한목소리를 낸다. 앞을 가로막는 흙과 나무, 돌이며 쇠붙이를 상관하지 않고 밀어붙인다. 흐름은 이제 분노와도 같다. 우리의 길이 있었는데, 길 아닌 길을 낸 것에 대한 분노이다. 우리의 흐름을 엉뚱한 곳에 가두어 둔 것에 대한 분노이다. 동물, 식물이 어울리는 숲이 사라지는 것에 대한 분노이다.

탄천도 홍수가 휩쓸었다.

보도교 교각 사이, 그 어디에선가 뽑혀 굴러왔을 버드나무, 뿌리가 허옇게 씻긴 채 처박혀 있다. 수십 그루의 버드나무가 쓸려갔고, 나머지들은 하류 쪽으로 머리를 두고 누워있다. 뿌리를 드러낸 곳은 움푹 파여있다. 보도교 안전시설의 쇠붙이는 다리에 겨우 매달려 있고, 쇠줄은 끊어졌다. 가로등은 엉뚱한 곳에 나무토막처럼 벌러덩 누워있거나, 발목 근처에 꺾여진 채 흙덩이를 뒤집어쓰고 있다. 가로등의 머리는 참수당한 죄인인 양 쓰레기를 뒤집어쓰고 있다. 간이농구대도 꺾여져 바닥에 닿은 머리는 반으로 접혀 있다. 보행로의 타탄 아스팔트는 군데군데 뜯겨 나갔고, 둥둥 떠내려왔을 찢어진 아스팔트 조각들이 풀을 덮고 있다.

'전염병 예방 수칙' 표지판은 모래톱에 거꾸로 박혀 '예방 수칙'을 팽개쳤고, '애완견 사랑법'은 반으로 접혀 잡다한 지저깨비 속에서 사랑하고 있으며, 이정표가 가리키는 이매동은 믿거나 말거나 저 멀리 서울 쪽을 가리키고 있다. '징검다리 통행 시 주의 사항'은 발에 커다란 시멘트 덩어리를 달고, 모래 속에서 겨우 얼굴을 내밀고 있다.

둔치에 조성했던 정원은 우묵하게 파인 채 흙바닥을 드러내고, 수십 종, 수백 송이 꽃들은 보이지 않는다. 드문드문 남아있는, 그나마 몇 개 되지 않는 꽃은 시커멓게 썩어가고 있다. 여기저기 심어놓았던 느티나무, 이곳에 느티나무가 있었다는 표시를 하는 듯 구덩이만 남았다. 탄천 옆에 있는 풀들은 죽은 채 납작 엎드려 있다.

우리는 오체투지로 성지순례를 나선 티베트 사람들처럼 바닥에 배를 깔고 넙죽이 엎드린다. 조용해지고 순해져 모든 생명체를 보듬는다.

그러나 여건이 갖추어지면, 또 다른 화를 낼 것이라는 속다짐은 감춰둔다.

청송 스케치

1. 골부리

징검다리를 건너자, 사과축제장이 한눈에 들어왔다. 오른쪽 개천 위에서는 폭포가 시원스럽게 쏟아지고, 눈앞에는 연이어 쳐놓은 몽골 천막이 하얗다. 평소에는 임시주차장으로 사용되었음 직한 하천부지가 넓었다.

가까이 다가가자, 무언가를 알리려는 확성기, 사람들에게 호소하듯 부탁하는 소리가 쩌렁쩌렁했다. 그 속에 품바타령이 섞여 있고, 부르고 대답하는 사람들의 외침이, 왁자한 웃음이 몽골 천막 사이에서 튀어나와 그 위 하늘을 덮고 있었다. 나는 일행 뒤를 어슬렁어슬렁 따랐다. 왼쪽은 먹거리 천막이었고, 오른쪽은 축제 행사용 천막이 서로 마주 보며 끝이 없다. 입구에 서자 커다란, 30년은 되었을 거라 짐작되는 느티나무에 주먹보다 큰 인조 사과가 새빨갛게 매달렸다. 입구 반대쪽에는 같은 크기의 느티나무에 이번에는 노란 사과가 반짝이고 있었다. 나는 중얼거렸다.

"나, 청송 땅 처음이라오. 거기에 사과 축제도 처음이오. '노란 손수

김후곤 수필집

건'으로 그 누군가를 흔쾌히 받아들였다는 아름다운 이야기를 알고 있소. 이 커다란 느티나무에 노란 사과를 주렁주렁 매달아 놓은 건, 나를 열렬히 환영한다는 뜻으로 해석하겠소. 고맙소."

천막의 이마에는 음식 메뉴가 똑똑히 자리 잡고 있어, 슬쩍 훑어보아도 손님에게 어떤 음식을 내놓는지 알 수 있었다.

골부리칼국수가 보였다. 골부리? 돼지고기의 부속물 중 하나인가? 나는 이 간이음식점을 지나치려다 주춤거렸고, 음식점 안은 바쁜 움직임이었다. 마침 내 앞으로 나오는 아낙에게 물었다.

"골부리, 무엇입니까?"

투박하지만 크고 자신 있는 대답이 들렸다.

"골부리예? 다슬깁니더."

아, 다슬기. 충청도 어디에선가는 올갱이라 하고. '골부리'라고 중얼거려 보니, 먹어보고 싶어 하는 기억의 맛이 잠에서 깨어나 기지개를 켜고 있었다. 나는 이때 고향의 어죽을 떠올렸다. 가능하다면 오늘 점심은 나 혼자서라도 골부리칼국수로 하고 싶었다. 점심, 나는 일행을 따라 국밥집으로 들어갔다.

청송군은 산이 높고 계곡이 깊다. 자연스럽게 맑은 물이 흐르고, 마을 가까이 지나는 개천은 너른 자갈밭이 있어 골부리 서식지로 알맞다. 이곳 사람들은 골부리를 이용해 탕, 비빔밥, 칼국수를 만들고, 여름철 보양식으로 즐겨 먹고 있다.

그리고 골부리칼국수를 먹고 싶은 바람, 이튿날 이루어지게 되리라는 것을, 나는 짐작조차 하지 못하고 있었다.

2. 시라기국

숙소의 현관을 밀고 밖으로 나온다. 이마에 서늘한 바람이다. 어제 늦게까지 들어 올렸던 술잔으로 어질어질한 머릿속이 일순 긴장한다. 어수선한 뱃속이 갑자기 눈을 뜨고 제자리를 찾는다. 입구 바로 앞 건물 1층에 불이 켜져 있고, 들숨에 비릿한 생선튀김 냄새가 함께한다.

'이 아침에 웬 생선?'

이어 도마 소리, 물 내리는 소리, 무언가를 씻는 소리가 들리는 듯하지만 확인되지 않는다.

이어 육모정이 있고, 꽃집 앞의 간이탁자와 의자에는 이슬이 방울방울 앉아있다. 앞에 보이는 집들은 드문드문 떨어져 있고, 도로 너머로 논과 밭, 그 너머로 동네 크기에 알맞은 높이의 산이 보인다. 뒤로 돌아선다. 사과밭, 그 끝자락에 소나무가 띠처럼 둘러쳐져 있다. 더 멀리 높은 산 무더기가 병풍처럼 서 있다. 산이 멀어 들이 넓은 마을이라는 생각이 잠깐 든다.

일곱 시쯤, 아침을 들기 위해 일행과 함께 들어간 곳은 튀김 냄새가 나던 곳, 1층이었다. 4인용 식탁마다 반찬이 가지런하다. 두런거리는 아침 인사, 고시랑고시랑 대는 소리, 누군가를 찾는 소리, 부르는 소리가 오가고, 식탁 앞에 모두 앉는다.

어제, 식당에서 숙소로 돌아오는 길에 우연히 옆에 함께한 정다연 이사가 한마디 했다.

"내일 아침은 시라기국이라예."

"예? 시래기국, 좋지요."

이 작은 동네에 시래기 해장국집이 있어? 하며 나는 이해하지 못했었다.

밥, 시래기국, 갈치구이, 시금치 무침, 콩나물무침, 마늘쫑멸치볶음이 식탁마다 다소곳하다. 나는 국물을 맛본다. 내 입에 익숙한 맛이다. 반찬을 하나씩 맛을 보려 천천히 음미한다. 순하다. 채소는 싱싱하고, 갈치와 멸치볶음은 맛이 또렷하다. 나는 밥을 ⅔ 정도 시래기국에 넣어 말았다. 나머지는 반찬과 함께 먹으려 한다. 참 맛있었다.

커피까지 앉은자리에서 마셨고, 숙취까지 조용해졌다. 밖에 나오니 고무장갑을 낀 정다연 이사가 천연염색통 앞에서 스카프를 한 장씩 받아 통 속에 넣고 설명하느라 바빴다. 나는 정다연 이사 옆에 쪼그리고 앉았다.

"정 이사님, 아침 잘 먹었습니다. 이런 날은 꼭 횡재한 기분입니다. 감사합니다."

20여 명의 식사 준비. 밥 짓고, 국 끓이고, 반찬을 따로따로 만들고, 접시에 담고, 탁자 위에 늘어놓기까지의 과정이 그려진다. 누구를 위해 밥을 짓고, 반찬을 만들고, 누구를 위해 도마 위에서 또각거렸을까. 내 말을 알아들었는지.

"하이고오, 그까잇 시라기국 깟꼬예."

염료통에 스카프를 담그고 주물럭주물럭, 조물락조물락거리다 살살 펴, 우리에게 나누어 주었다.

"염료의 원료는요?"

"예, 꼭두서니라예."

꼭두서니에 대해 설명하려는 듯하다, 회원들이 스카프를 들이미는 바람에 그냥 지나쳤다.

꼭두서니, 다년생 덩굴식물로, 뿌리를 끓여 우려내, 천연 염색 물감으로 사용한다.

3. 범종

용연폭포에서 한차례 곤두박질치고 나서 숨을 고른 맑은 물이 아래로 흐른다. 나는 이 개천을 따라 거슬러 올라갔다. 불도저가 있고 뚝딱거리는 소리가 들리는 공사장, 오른쪽으로 절벽이 이어지고, 그 앞에 상점들, 어디로 가는지 알 수 없는 소로길도 보였다. 혼자 어슬렁거리며 걸었고, 큰 바위 봉우리를 배경으로 빼어난 경치 속, 거기에 대전사(大典寺)가 있었다.

대전사에는 보광전, 명부전, 산령각, 요사채로 단출했고, 삼층석탑, 사적비, 부도가 한눈에 보이는, 경내가 넓지 않아 호젓했다.

'부처에 올리는 맑은 물을 계곡까지 내려가 길어왔다. 조선 중기, 이를 귀찮게 여긴 승려들이 앞뜰에 우물을 팠고, 그 물을 길어 부처에게 올렸다. 그러나 불이 나서 전각이 타고 말았다. 우물을 판 것은 마치 배 바닥에 구멍을 낸 것과 같다는 도사의 말을 듣고, 다시 우물을 메웠다.'

사찰의 오른쪽 밭에 그 메운 흔적이 있다기에 내가 슬쩍 들어가려니, 누군가를 크게 탓하는 듯한 목소리가 들렸다.

"거게! 거게는 들어가지 말라꼬오."

저쪽에서의 검표원이 나에게 던진 말이었다. 앞의 '거게'는 나를 부르는 소리이고, 뒤 '거게'는 '거기에'라고 나는 이해했다. 술집 앞에서 굳은 자세로 기도 보는 사내처럼 큰 머리통에 짧은 머리, 입고 있는 헐렁한 바지에는 불량기가 불량하게 붙어있었다. 나는 야박스러운 말투에 깜짝 놀랐다. 머쓱해져 뒤돌아 나오고, 범종각 옆에 세워져 있는 안내문을 보았다.

'소원종

종을 친 후 당신의 소원만큼 불전함에 넣어주세요. 종과 종채 사이는 30㎝ 이내 거리에서 1번만 살짝 칩니다. 너무 세게 치면 종에 무리가 갑니다. - 주왕산 대전사'

검표원의 말투에 놀라고, 이 '소원종' 안내문을 보며 한 번 더 놀랐다.

두 달 전 상원사에 갔었다. 국보인 동종 옆에 복제품이 걸려있고, 당목(撞木)은 사슬로 한쪽에 비딱하게 단단히 묶여 있었다. 사슬에 묶여 있는 당목을 보며, 동종을 일반인들이 쳐볼 수 있으면 좋겠다 생각했다.

내가 만든 안내문이다.

> 1. 1인당 3회
>
> 2. 당목(撞木)을 뒤로 30㎝까지만 빼기
>
> 3. 당좌(撞座)에 정조준하기
>
> 4. 타종할 수 있는 시간
>
>   ① 오전 09:00 ~ 11:00
>
>   ② 오후 14:00 ~ 16:00
>
> 5. 한 명 또는 두 명이 당목을 잡을 수 있습니다.
>
>   * 불전함은 입구에 있습니다.

　　신도들에게 종을 칠 수 있는 기회를 주는 사찰이 있다는 사실에 나는 기분이 좋았다. 한번 타종해 볼까 망설이다 그만두었다. 몇 가지 유감이 타종해 보려는 마음을 가로막고 있었다.

　　'당신의 소원만큼 불전함에 넣어', 종을 치면 돈을 내라니, 그것도 소원만큼 돈을 내라니, 내 소원은 얼마인가? 검표원의 야박스러움이 여기에도 묻어있었다. '종과 종채'는 '당목(撞木)과 당좌(撞座)'로, 정확한 용어를 사용함이 적절하다. '1번만 살짝 칩니다', 왜 한 번인가? 종을 울리고 싶은 사연에 따라 두 번, 세 번도 칠 수 있다. 타종을 하고, 이 소리를 듣는 순간이나마 번뇌로부터 벗어날 수 있다잖은가.

　　일반인들이 원하면 범종을 타종할 수 있는 사찰이 있다는 사실에 나는 기분이 좋았다. 하산길 음식점에서 먹게 된 굴부리칼국수는 더 맛있었다.

4. 주산지(注山池)

일행은 삼삼오오 짝을 지어 쭈욱 앞으로 나아갔다. 나는 천천히 걸었다. 청송군 자체가 '슬로시티'이니까. 내가 늦어도 한참 늦었는지, 앞에 선생님과 신 회장이 짝을 지어 불안정하지만 천천히 꾸준히 걷고 있었다. 선생님은 그 연세에 알맞지 않은 피켈로 바닥을 콕콕 찍으며 비스듬한 언덕길, 주산지 왕버들길을 오르고 있었다.

둘은 간간이 대화를 주고받으나 길게 이어지지 않는 듯했다. 언뜻 묵언수행 중인가 하는 느낌이 들기도 했다.

"두 분, 정정하십니다."

나는 너스레를 떨며 두 사람의 보폭에 발을 맞추었다. 셋은 이런저런 이야기를 두런거렸다. 이러는 사이 신 회장은 앞으로 나가고, 가끔 뒤를 돌아보며 우리 둘을 확인했다.

"요만한 언덕길도 이렇게 나를 힘들게 하네. 인생 다 산 거 같아."

"지금처럼 걸으시면 저수지까지 너끈히 가실 수 있습니다."

"그런가? 술 한잔했드니, 숨이 더 차네."

"예? 무슨 술을요?"

"차 안에서, 황 국장이 억지로 맥주 한 캔 주데. 그런데 맛있게 마셨어."

"아주 좋습니다. 그 기운으로 천천히 오르시면 됩니다. 충분할걸요."

"그래도 힘들구먼."

선생님은 숨을 골랐다. 내 머릿속은 '주색잡기'가 들어앉았다. '주'는 이미 됐고, '색' 쪽으로 슬며시 다가갔다.

"젊으셨을 때, 주위를 압도하는 힘으로 대단하셨다는 이야기를 자주 들었습니다."

걸음을 멈추고 피켈을 앞에 찍어 몸을 기댄다. 피켈을 천천히 들어 오른쪽 절벽을 가리킨다.

"저거 좀 봐. 포개져 있는 것, 금방이라도 무너질 것처럼 오똑하게 서 있는 바위. 참, 오래됐을 거야."

계곡은 좁으나 깊고, 산세가 내려오다 갑자기 끊어져 만들어진 절벽은 의외로 높았다. 절벽에는 나무가 돌을 감싸 안은 듯 보였다. 돌이 나무를 받쳐주는 형상일 수도 있었다. 서로 보듬고 있었다. 선생님의 목소리가 넓은 강물의 소리처럼 흘렀다.

"저 나무와 바위, 잘도 견디는구먼."

선생님은 나무와 바위, 계곡 이야기로 '색'을 대신하고 있다고 나는 생각했다.

긴 의자에 앉아있던 신 회장이 다가오는 우리를 보고 전화한다.

"거의 다 오셨어. 내려오지 말고 기다리라고 하면 좋겠어."

주산지는 아담한 모습으로 조용히 남실대고 있었다. 주왕산에서 뻗어 내려온 산자락이 병풍처럼 둘러쳐 있어, 손으로 저수지를 감싼 듯한 형상으로 푸근했다. 저수지 안에는 왕버들이 자라고 있었다. 물속에 잠긴 굵은 줄기는 보이지 않고, 수면 위로 잎 떨어진 줄기와 가지가 풍상을 견디는 모습이었다. 내 앞에서 왕버들은 태고의 신비함을 보여주고 있었다.

하산길, 긴 의자에 앉아 쉬고 있는 우리(선생님, 신 회장, 나) 앞에서 누군가가 상황극을 연출했다.

"지방에 돈 있겠어? 한양에 연줄을 두고 있는 이공(李公)이 자꾸 상소했겠지. 저수지 막을 돈 달라구. 그렇지 않으면 누가 이 깊은 산골에 저수지를 만들어. 옛날이나 지금이나 변한 게 없다구. 똑같아!"

상황극이 나름 일리가 있다고 나는 생각했다.

선생님과 나는 천천히, 슬로 슬로, 한 걸음 한 걸음, 걸음을 세면서 내려오고 있었다. 나는 마지막으로 '잡기'를 선생님에게 들이댔다.

"지난 달에 친구들과 마작을 쳤는데, 참 재미있었습니다. 선생님, 잡기는요?"

"나, 그런 거 몰라. 평생 그런 거 모르고 지냈어."

"바둑, 골프, 고스톱은요?"

"배우려고 생각도 하지 않았어. 화투에서 '약'을 맞추지도 못해. 치고 나서 끌어오지 못하지. 나는 하루 종일, 어느 철이든 책 읽고, 글 쓰는 게 그렇게 좋아. 지금도 그렇고 앞으로도 그렇게 살아갈 거구먼."

내 '주색잡기'는 이렇게 무참해졌다.

선생님과 함께한 왕버들길, 아무리 가물어도 물이 마르지 않는다는 주산지와 문학의 열정이 넘쳐나는 선생님의 모습이 자꾸 겹쳐 보인다. 지금도.

흥정

　이 고을 저 고을에서 나온 동네 아낙네들은 보퉁이를 머리에 이고, 등에 지고, 작은 보따리는 손에 들고 찔뚝거리며, 두세 명씩 짝을 지어 고샅길을 간다.

　보퉁이 속에는 좁장한 채마밭에서 조금씩 뜯어온 것, 집 뒤에서 주섬주섬 따온 것, 가을걷이 알곡, 썰물과 밀물을 따라 갯벌에서 캐낸 것, 갯고랑을 뒤져 가지고 온 것이 들어있다. 이것들은 모두 팔아 보아야 3만 원이 넘거나 안 된다.

　평리댁은 배추 다섯 포기, 무 5개, 검정콩 두 됫박을 치마폭 앞에 부려놓는다. 틀림없는 서울말 씨가 들린다.

　"한 포기에 얼마예요?"

　"이잉, 알어서 주유,"

　"그래도 얼만지 알아야 돈을 드리지요."

　"아, 참내. 그러니께 있는 만큼 주먼 돼유우."

　서울말 씨가 천 원짜리 두 장을 배추 위에 올려놓는다. 평리댁이 배추 한 포기를 머리 위로 번쩍 들어 올린다.

"이깨잇 것. 돼지에게나 쓸어 주어야지. 아녀, 땅에 팍팍 묻어버리고 말지이. 아이구우, 내 신세! 고연히 여꺼정 메구 왔구먼."

화들짝 놀란 서울말 씨가 얼른 5천 원 한 장을 꺼내 배추 위에 올려놓는다.

평리댁은 재빠르게 무 한 개를 배추 위에 올려놓으며 하는 말, 뚝배기 속의 장맛이다.

"그렇께, 이건 듬이여!"

장날, 김 씨는 새끼 돼지 5마리를 이고 지고, 몰고 나왔다. 새끼 돼지 네 마리는 생각보다 좋은 값을 받았다. 이제 한 마리 남았다. 이놈을 얼른 팔고 한잔 걸쳐야지 하는 마음이다. 자반 한 손, 갈치 한 도막, 돼지고기 두어 근을 사 들고 흐느적거리며 집으로 갈 터이다.

하 씨는 꿍꿍이속을 뒤적거렸다. 그래, 새끼 한 마리 사자, 어미로 키워 종돈으로 삼고. 꿀꿀거리는 새끼들이 뛰어다니는 마당을 떠올리며 하 씨의 마음은 가벼워진다.

김 씨는 9만 원을 받아야지 하고, 하 씨는 7만 원 정도가 알맞아 하며, 새끼 돼지를 가운데 두고 둘은 마주 앉는다.

"돼지, 잘 키웠구먼."

"수십 년 쳤어. 내가 돼지 할애비여."

"월마여?"

"9만 원. 네 마리는 십만 원씩 받았구먼."

"7만 원! 워떠?"

김 씨는 우물쭈물한다. 잠시 결단을 내린 듯, 목소리가 걸쭉하다.

"어이, 그러믄, 술 한 잔 헐껴?"

이번에는 하 씨가 엉거주춤한다. 새끼 돼지 머리를 살살 쓰다듬는다. 말을 툭 털어낸다.

"좋구먼. 그리어, 그려."

이날 하 씨가 낸 술 한 잔 값은 2만 8천 원이었다. 대포집 문이 좁아라, 둘은 기세 좋게 나선다.

김후곤 수필집

자책(自責)

진행자가 말한다.

"어쨌든 백은 머리를 내밀어야겠죠?"

중앙에는 미생(未生)의 말들이 서로 얽혀있다. 아직 갈 길이 멀다. '안경'은 바둑판 전체를 이리저리 둘러보고 있다. 바나나를 벗기고, 두 번 베어 물고 우물거린다. 백을 든 안경은 위기를 벗어났다고 판단한 모양이다. 흑이 5집 이상 유리하나 변수는 얼마든지 생길 수 있다. 해설이 훈수한다.

"백은 중앙에 한 번 더 보강해야 합니다."

순간, 안경은 중앙에 있는 자신의 말을 보강하지 않고 우측 흑 옆구리에 백을 붙인다. 해설이 덧붙인다.

"바둑이 자신에게 여의치 않다고 생각하는 거죠. 변화를 이끌어내겠다는 판단입니다."

두 대국자는 7m 거리에서 모니터를 들여다보고 있다. 코로나로 대면 대국이 줄어들고 모니터와 마우스로 착점을 정하고 클릭한다. 외국과의 대국은 화면으로만 볼 수 있어 상대방을 의식하지 않아도 된다. 그러나 국내 기전에서는 한 대국장에서 이루어져 상대방의 움직임을, 숨소리조차 감지할 수 있게 된다.

집중력은 시간이 지날수록 떨어진다. 두 대국자는 태연한 모습이나 미세한 움직임을 보인다. 손수건을 만지작거리거나 검지를 까딱거리거나 머리를 긁적이기도 하고, 준비해 놓은 음료수를 홀짝인다. 현재의 국면은 모호하지만, 몇 수 더 두면서 점점 윤곽이 드러난다. 더욱 집중력이 필요한 시간대이다.

두 기사, 모니터, 바둑돌 놓는 소리가 없어 더 적막하다. '흑'의 생각, 날일[日]로 날아 자신의 말에 길을 뚫는다. 삐죽이 기어 나온 백말의 사활을 노리는 수이기도 하다. 안경은 머리를 모니터에 가까이하여 주의를 집중하며 마우스에 손을 올려놓는다. 왼손으로 귀밑을 만져보고, 안경을 슬쩍 밀어 올린다. 당황하는 모습은 잠깐이다. 날일자로 날아온 말보다는, 자신의 불리함을 극복하고, 국면을 유리하게 이끌기 위해서는 반드시 변화를 이끌어내야 한다고 생각하는 듯하다. 안경은 날일자의 흑돌 옆에 백을 놓는다. 이 수로 자신의 말을 보강하며 또 다른 노림수를 놓는다. 그러나 '흑'은 안경의 생각을 무색하게 만드는 수를 놓는다. 이어 몇 수가 진행되고 순식간에 모양이 결정된다. 흑의 벽은 두텁고 강해진 반면 안경의 백말들은 신음 소리를 내며 흐느적거린다. 완전히 포위된 백, 다급해진다. 마냥 시간을 보낼 수는 없다. 반드시 응수해야 한다. 해설자는 다르다.

"백의 뿌리에 가일수한 것, 있을 수 있는 한 수다. 흑이 조금 앞선다

김후곤 수필집

이지, 백이 견디기 어려운 국면은 아니다."

　AI도 추천한 수라며 해설자는 더 이상 말이 없다. 그러나 나중에 알게 되지만 이 수로 백은 파국을 맞게 된다.

　한참을 생각한 '흑'이 백 머리 두 칸 앞에 돌을 살며시 놓는다. 이 수로 백은 살아날 수 없는 죽은 돌이 된다. 이 돌들이 잡히므로 이 판도 끝이다.

　안경은, 양손을 정수리 쪽에 깊숙이 찔러넣는다. 손바닥으로 얼굴을 감싸며 빠르게 문지른다. 두 손을 내리고 머리를 숙여 눈을 깜빡거리며 모니터를 들여다본다. 턱에 댄 검지를 까딱인다. 수가 보이지 않는 모양이다. 두 손으로, 손가락 모두를 머리에 밀어 넣고 마구 헝클인다. 갑자기 동작을 멈추고, 고개를 절레절레 흔들고, 입맛을 쩍쩍 다신다. 대국장은 무정하고 매정하다. 상대 대국자가 한 수를 두면 따라 한 수를 두어야 한다. 아무리 불리하고, 국면이 나아질 기미가 보이지 않아도 마찬가지다. 안경은 한 수 한 수를 따라 둔다. 점점 절망적인 국면이 된다.

　안경은 손가락을 넓게 벌려 머리를 감싸고, 이어 안경 속으로 손가락을 집어넣고 두 눈을 비빈다. 눈물을 닦는다. 한 수 놓고 머리 숙이고, 들여다보고 안경을 벗고, 눈물을 훔치고 있어도, 흑은 태연하게 백의 허리를 끊는다. 이제 백은 응수할 수 없다.

　안경은 머리를 격렬하게 흐트러뜨린다. 뭔가 부족한 모양이다. 안경을 벗는다. 왼뺨을 딱 딱 따딱 세게 친다. 머리를 꽉 부여잡고 머리를 숙이고 흐느낀다. 안경을 썼다 벗었다 하며, 벗어놓고는 왼쪽 뺨

오른쪽 뺨을 번갈아 친다. 진행자가 놀란다.

"어머! 어머멋!"

안경은 손으로 눈물을 훔치다 소매로 눈물을 닦는다. 신음 소리가 들리고, 한숨이 길다.

삶을 살아가다 보면 잘못을 저지르지 않는 사람은 없다. 환경이나 자신의 욕망, 엉뚱한 판단으로 일이 어그러져 자책하게 된다. 자책의 강도도 달라진다. 부끄러워 드러내지 못하거나, 체면을 유지하기 위해 감추기도 한다. 자신의 입지를 확고히 하기 위해 자책하지 않는다. 어떤 이들은 이 자책으로 집에 숨어들거나 심히 괴로워하다 극단적인 선택을 하게 되는 경우도 있다.

나는 '안경'의 자책하는 모습을 보며 충격을 받았다. 바둑에서 지고 이기는 것은 너무 흔한 일이다. 그런데 수많은 시청자가 보는 화면에서 저렇게 자책하다니. '안경'의 자책은 무엇이었을까. 수를 읽지 못한 자신의 부족함? 경솔함? 이기려는 욕심으로 인한 실수? 상대를 너무 얕잡아보았다는 자책이었을까. 이런저런 경우를 생각하다, 덩달아 내 마음도 무거워졌다.

김후곤 수필집

철학자의 언덕

아파트를 나가 금방 이매역 사거리에 닿는다. 성남대로 왕복 8차선이다. 파란 신호를 받고 직진한다. 왕복 2차선으로 좁아지고 양쪽에 두 고등학교가 마주 본다. 이를 지나쳐 우회전해야 하는 곳에 대형 교회가 자리 잡고 있다.

처음, 이 교회는 반 돔형의 본당 건물과 교육관이 나란했고, 붉은 벽돌의 시계탑이 서양에서 보았던 건축양식을 떠오르게 했다. 그 앞에 좁은 주차장, 건너에는 고만고만한 단층 음식점이 두세 개, 낮은 살림집이 어깨를 겯고 있었다. 10여 년 전, 이런 작은 음식점과 낮은 살림집이 헐렸다. 그 자리에 교회 부속 건물, 제2교육관, 제3교육관, 주차장이 들어섰다. 교회를 가로지르는 길은 반듯하게 포장되었다. 나는 이 길을 지나면서, 비로소 본당 앞에 커다란 비석을 눈여겨보게 되었다. 옆으로 1m 50cm 정도, 3m 됨직한 높이의 두툼한 돌에 글이 새겨져 있었다.

'일어나라 빛을 발하라'.

나는 작은 목소리를 읽어보았다. 감은 확실하지 않으나 머리가 밝

아지는 듯했다. 그 후로 아침에 이 길을 지날 때마다 슬쩍 훑어보거나, 소리 내어 크게 읽었다.

주위의 언짢은 일로 머리가 묵직해지거나, 짜증이 나거나, 제자리걸음으로 심란해질 때, 나는 의도적으로 중얼거렸다.

"일어나라! 그리고 빛을 발하라!"

한 번 중얼거릴 때에는 마음에 아무런 신호를 보내지 않지만, 두 번의 의도적임에는 심장의 박동이 눈을 뜨는 듯했다. 내가 나에게 최면을 거는 행위였다.

교회를 벗어나 산길로 접어들면 잣나무 소나무 참나무 아카시아가 이마를 맞대고 있어, 숲속인 것처럼 착각하게 된다. 숲을 벗어나 비스듬히 내려가면 새마을 사거리에 닿고, 그곳에서 좌회전, 5분 정도 나아가면 새마을 연수원 정문, 아침마다 내가 들여다보는 텃밭은 바로 그 옆에 붙어있다.

언젠가 몇 명이 점심을 했다. 한 사람이, 모임에 대해 불편한 심정을 말했다. 이어 구성원들의 행위와 말투에 자신은 상처받는다고도. 또 자신의 글에 대한 답답한 심정을 꺼내놓고 있었다. 나는 무심코.

"일어나라, 빛을 발하라."

그가 나를 바라보았다. 밑도 끝도 없이 내가 뱉어놓은 두 문장에, 그는 희미하지만 밑줄 그어놓은 것 같은 느낌을 받은 듯했다.

"무슨?"

"성경!"

그는 핸드폰을 열고 무언가를 검색했다.

"어, 진짜네. 이사야 60장 1절."

분위기는 갑자기 편안해지고 가벼운 대화로 점심을 마쳤다.

'일어나라' 본당 옆구리에 지금까지 보지 못했던 사진이 붙어있었다. 붉은 벽돌로 지은 중세 시대의 건축물이라 짐작되는 성채, 그 아래로 보다 작은 붉은색 건물들이 산허리 여기저기에 배치되어 있고, 자동차 길 앞에서는 서양 특유의 5층 건물이 병풍처럼 좌우로 벌려 있다. 도로 건너 앞쪽으로 옹벽 아래에는 푸른 물이 찰랑대고 있다. 사진은 바닥에 이어져 있어 마치 내가 그 물 위에 서 있는 것 같은 착각을 일으키게 했다. 가로 20여m, 높이 4m 정도로 펼쳐져 있어, 가까이에서는 한눈에 들어오지 않아, 고개를 이쪽저쪽, 위아래로 훑어보아야 했다.

신도들이 드문 아침, 나는 텅 비어 있는 본당 앞 주차장에 차를 세우고, 사진 속 풍경을 들여다보았다. 사진 속 방책에 사람들이 삼삼오오 모여있는 모습이 자연스럽고, 길 건너 상점과 그 주위에 작은 사람들이 걷고 있다. 눈을 들어 높이 올라가 곳곳의 건물이 충충이고, 건물 전망대에 있는 사람들은 여유가 있었다. 한쪽 끝에서 다른 쪽을 바라보나 뚜렷하지 않다. 나는 조금씩 몇 걸음 뒤로 물러나서야 한눈으로 전체를 보았다.

"햐아! 좋다! 저런 곳에 구경 다니는 사람들은 멋진 인간들일 거야. 틀림없어."

사진 이곳저곳, 위아래, 구석구석을 꼼꼼히 들여다보아도, 어디에서 찍었는지 표시되어 있지 않았다.

주일, 텃밭에서 돌아오며 '교회길'로 들어섰다. 신도들로, 자동차로 새벽부터 북적인다. 나는 천천히 바퀴를 굴리고, 주차 안내 봉사원으로 짐작되는, 머리 손질이 깔끔한 회색 와이셔츠와 검은 바지 차림의 남자 옆에 차를 살살 멈추고, 열린 창문으로 물었다.

"저 사진, 어디입니까?"

남자는 내가 가리키는 쪽을 보고 나서야 내 질문의 의도를 알아차렸다.

"미안합니다. 저도 잘 모르겠습니다."

"그래요. 저 사진을 보면 편안한 느낌이 들어요. 그러니까… 꼭 알아놓아요. 다음 주일, 제가 물어볼 겁니다."

화요일 아침, 교회 주차장은 한산하다. 차 한 대 보이지 않는다. 주차장 가로 빠른 걸음으로 걷는 아줌마는 산책하는 중일 거고. 나는 주차선을 무시하고 차를 멈추고, 내려 사진 앞에 선다. 양손을 허리에 얹고 다리를 넓게 벌리고 사진을 감상한다. 한눈에 그윽하게 훑어본다. 다음, 하며 '일어나라' 비석 앞으로 바퀴를 슬슬 굴린다. '됐어' 혼자 중얼거린다. 차창을 두드리는 소리가 조심스럽다. 이건 뭐지?

"어르신, 저 사진, 독일 하이델베르크의 '철학자의 언덕'이랍니다."

나는 머리를 재빠르게 굴리고, 아, 주차 봉사원.

"그래요? 하이델베르크? 철학자라? 어쩐지 무언가 있는 것 같더

김후곤 수필집

라니."

"인터넷으로 검색해 봐요."

그날 나는 인터넷의 이곳저곳을 들락거렸다.

하이델베르크에는 1936년에 세워진, 독일에서 가장 오래된 대학교가 있다. 지금까지도 명문대학교로, 중세 시대부터 수많은 학자와 철학자, 교수를 배출했다. 우리에게 잘 알려진 철학자와 교수들이 사색에 잠겨 걸었던 산책길을 관광객들이 걷고 있다. 시내 한가운데를 흐르는 강의 북쪽, 중세 시대부터 현대까지 지어진 건축과 시설의 터가 남아있는, 야트막한 산허리를 감싸듯이 나 있는 '철학자의 길'이었다.

'인터넷으로 검색해 보라'던 남자의 '철학자의 언덕'은 '철학자의 길'을 안고 있는 언덕으로 보아, 그렇게 말한 것이라 나는 이해했다.

내 질문은 그냥 평범한 것이었다. 들어주었다고 좋아하고, 들어주지 않았다고 서운해할 궁금증이 아니었다. 나는 이 남자가 평범한 신도가 아니라 이들을 이끌어주는 목회자일 거라고 확신했다.

내가 교회에 나간다면, 바로 이곳이다.

그 노래

맥주와 소주를 섞은 술잔을 자주 들어 변성되었을 탁한 목소리였다. 나는 설마 또는 저런 곳에서 노래를 부른다고, 하면서 마음이 조마조마했다. 모두가 서 있고, 반주도 없었다. 한마디 던지고 노래를 부르기 시작했다. 'Long long time ago~'. 이어 환호와 탄성 그리고 박수가 터져 나왔다. 의외로 차분하고 목소리에는 감정이 들어있었다. 나는 화면에 빨려 들어가듯 머리를 숙이고 귀를 기울였다. 화면 속에서 그는 여전히 노래를 부르며 몸을 자연스럽게 박자와 리듬에 몸을 싣고 있었다. 노래 부르기를 멈추고 뭐라고 말했다. 환성 탄성 박수에, 이번에는 휙~ 휙~ 하는 휘파람 소리까지 들렸다. 노래를 부른 시간은 1분 정도였다. 백악관에 가서, 미국의 상·하의원으로 둘러싸인 곳에서, 자연스럽게 노래를 부르고, 환호성을 받으며, 그래서 감성적으로 소통하는 이를, 우리 역사상 누가 있었나. 책상 앞에서, 나는 마치 만찬장에 함께 있는 것처럼 박수를 치며 소리 질렀다.

"좋아, 좋아! 잘했어!"

이 노래, 지난 4월 우리 대통령이 백악관 만찬에 초대돼 내빈들 앞에서 부른 '아메리칸 파이'였다.

그런데, 나는 만찬장에서 불린 노래와 전혀 다른 '아메리칸 파이'를 기억하고 있었다.

시골에서 자란 나는 '가련다 떠나련다~' '앵두나무 우물가에~' 뭐, '불효자는 웁니다'를 부르는 동네 형이나 누나들의 노래를 듣고 자랐다. 이후로 도시로, 도시로 옮겨 다니면서는 이런 노래마저 멀어졌다. 깐소네니 샹송이니 팝송이니 하는 노래가 있다는 것도 대학 다닐 무렵 어설프게 듣곤 했다. 학교생활에서는 미련하지도 않고, 크게 뒤떨어진다고 생각하지 않았었다. 그런데 어쩌다 누군가 팝송을 부르면, 듣는 나는 머리를 떨구었다. 세월이 흐른 후, 나의 이런 행동은 아마 나의 문화적 결핍을 본능적으로 받아들인 모습이었을 거라 생각한 적도 있었다.

몇 년의 직장 생활에 적응하고 있을 때, 후배가 노래를 불렀다. 팝송이었다. 리듬이 빠르고 경쾌했다. 거기에 이 후배, 교묘하게 몸을 비틀고 흔들어대는 모습이 내게는 경이로웠다. 우리가 리듬에 맞추어 박자를 맞추기에도 쉬웠다. 반복적으로 들리는 구절 '바이 바이 아메리칸 파이~'가 인상적이었다. 그 후로는 노래를 부를 만한 자리가 생기면 우리는 모두 후배를 향해 합창했다. '바이 바이 아메리칸' 하고, 함께 입을 맞추면 후배는 슬며시 일어나, 이제는 완전 스타가 된 듯한 모습으로 '아메리칸 파이'를 신나게 불렀다. 비트는 동작도 점점 완숙해지고 자신감이 붙어있어 우리를 매료시켰다. 이 시절의 '아메리칸 파이'는 신나고 경쾌했으며, 누구나 박자를 손뼉으로 맞추기에 알맞은 노래였다.

대통령이 부른 '아메리칸 파이'는 차분하게 시작했고, 어떤 상황을 설명하는 듯한 리듬으로 느렸다. 손뼉으로 박자를 따라가기에 알맞지 않았다.

〈아메리칸 파이〉

1960년대의 혼란스러운 미국 사회상을 풍자한, 미국 대중음악 역사상 가장 위대하고 영향력이 있는, 8분이 넘는 노래이다. 곡조는 포크, 로큰롤, 올드팝으로 짜여 있다. 처음은 포크성으로 차분하게 전개되고, 로큰롤 리듬으로 이어지고, 이렇게 곡조의 흐름이 섞여 있다. 대통령이 부른 부분은 포크성 리듬이었고, 내가 기억하고 있는 후배의 '아메리칸 파이'는 로큰롤로 경쾌하고 빠른 템포의 부분을 부르지 않았나 생각되었다.

나토[NATO]

군사력, 경제력으로 세계 최강의 모임이다. 7월, 이 모임이 우리 대통령을 초청했다. 왜? 초등학교 시절에 우리나라 국력의 빈약함이 몸에 각인되다시피 한 나에게는 쉽게 이해되지 않았다. 이 모임 옆에서는 몇 년째 전쟁이 벌어지고 있다. 혼란과 혼동이 섞여 있고 급박한 시기에, 세계 최강의 모임이 우리에게 무엇을 바라는가. 나는 그들의 목적을 잘 알지 못하고 있다. 그렇지만 마음만큼은 왠지 둥실둥실 떠

김후곤 수필집

다녔다.

　리투아니아 빌뉴스, 이 모임의 장소였다. 대통령은 이곳에 도착, 시차 적응과 컨디션 조절을 위해 구시가지를 산책했다. 그때 야외 식당에서 식사하던 미 대표단 직원들은 윤 대통령을 알아보고 '아메리칸 파이!' 하더니, 떼창을 했단다.

　요즈음 인터넷으로 자주 이 노래를 듣는다. 들을 때마다 기분이 좋고 풋풋한 젊은 시절, 함께 했던 친구들, 지금은 거의 만나볼 수조차 없지만, 그들의 몸짓과 웃음이 떠오른다. 그 시절의 리듬으로, 귀에 익은 한 소절을 흥얼거리기도 한다.

　"Bye bye Miss American pie~~~."

경계에 서서

새마을 중앙연수원 정문 앞 공터에는 몇 대의 차를 주차할 수 있는 공간이 있다. 텃밭에서 내려온다. 주차해 놓은 곳 근처에서 사람들이 웅성거린다. 넷인가, 다섯인가? '무슨 일?' 주차해 놓았던 차, 옆 비탈 길에 비스듬히 밀려 올라가 화살나무 속으로 파고 들어가 있다. 몇 개의 화살나무는 부려지고, 뭉개져 있다. 믿을 수 없다. 도저히 이해되지 않는다. 차 앞 범퍼는 찌그러져 있고, 운전석 문은 움푹 들어가 있다. 내 차를 찌그러뜨리고 움푹 파이게 들이박은 게 확실한 또 다른 차가 붙어있다.

'차, 왜 비탈에 올라가 있지?'

내 생각은 현실을 받아들이지 못한다.

'차를 이렇게 주차해 놓았나?'

그럴 리 없다. 상식적으로 판단되지 않는다. 머릿속이 정리되지 않고 멍한 상태로 생각은 검은 장막에 덮여 캄캄해진다. 눈동자는 본능으로 움직일 뿐, 확인하려는 의지는 막혔다. 장년 남녀가 내 앞에서 공손하다. 남자가 말한다.

"운전이 서툴러 선생님의 차를 박았네요."

어떻게 반대편 차선에서 이쪽 차선으로 넘어와 박을 수 있지? 내 생각이다.

"제가 운전이 미숙해서요. 어떻게 반대편 차선 밖에 있는 차를 들이박았는지, 저도 모르겠어요."

덜덜 떠는 목소리로 여자가 말한다. 남자의 말투가 조심스럽고 더 듬거린다.

"제가 조수석에 앉아있었는데, 순식간에 일어난 일이라 어떻게 설명드릴 수 없네요. 죄송합니다."

나는 생각한다. 큰 소리로 말할까. 아니지, 이런 경우에 소리소리 지르면, 문제 해결에 도움이 되질 않아. 가만히 제자리를 지키고 있던 내 차, 다른 차가 와서 박아버린다. '나에게는 문제가 없어. 전혀!' 그래도 머릿속이 엉클어진다. 차를 주차해 놓을 만한 자리인가? 그래, 문제가 없어. 하면서 찌그러진 범퍼, 움푹 들어간 운전석 쪽 문을 바라본다. '이건 공장행이다.' 내 정신은 아득해진다. 두 남녀는 부부였다. 둘은 내 앞에서, 나는 고양이도 아닌데 물에 젖은 쥐 꼴이다. 나도 난감하기는 그들과 마찬가지다. 서로 말없이, 시선도 일정하지 않고, 조용한 시간이 흐른다. 그들의 보험회사원이 들이닥친다.

"나, 어떻게 할까요?"

부부는 자기들이 모든 것을 알아서 처리하겠다고 주억거린다. 제식훈련을 잘 받은 군인들처럼 똑같이 옹송거린다.

내 차 때문에 급하게 출동한 보험회사원은 회사에서 제공하는 자동차 키를 건네주면서 속살거린다.

"출퇴근하시면, 교통비도 청구할 수 있습니다."

라디오가 망가졌다. 집 안 이곳저곳을 수리하다 그만 라디오의 안테나를 뚝 부러뜨렸다. 참 쉽게도 부러졌다. 안테나 없는 라디오에서는 끊임없이 잡음으로 버벅댔다.

라디오는 포터블형이다. 커다란 메주 덩어리 서너 개를 뭉쳐놓은 크기로 들고 다니기에 묵직하다. 위에는 CD플레이어, 옆에 라디오 주파수가 표시되어 있고, 정면으로 두 곳의 테이프 재생기가 나란하다. 안방에서 나와 함께 지내는 동안 CD플레이어는 하마처럼 입을 크게 벌렸다 닫았다 할 뿐 노래를 부르지 못하고, 테이프 창 역시 테이프 두 개를 넣어도 가락은커녕 찍소리 한 번 내지 못한다. 안테나를 이리저리 돌려 방향을 찾고 겨우 라디오를 듣는다. 그러니까 포터블은, 격전지에서 상처투성이로 돌아온 용사처럼, 세월의 무상함을 견디어내고 있는 라디오로, 고물상에 넘겨주어도 아깝지 않았다. 그렇지만 손때 묻은 그것이 망가졌다는 사실이 나를 안타깝게 했다. 아침 시간에 라디오를 들은 세월은, 그 라디오를 구입한 시점과 비슷하다. 20년은 쉽게 넘는다. 막상 아침에 라디오를 듣지 못하니 무언가 허전했다.

인터넷에서 '라디오 수리점'을 찾는다. 서울과 수도권을 망라한다. 위치, 전화번호를 확인하고, 먼저 전화를 걸어 본다.

"지금 라디오라 했습니까? 아이고오~. 지금은 오디오죠. 손님~"

"라디오를 고친다고요? 우리는 고치지 않아요. 잠깐요. 그거 고쳐

봤자 금방 폐기 처분해야 할걸요. 에이~"

내 생각과는 너무 동떨어진 수리점 남자들의 대꾸다. 내 손 안의 라디오, 이제 운명을 다했구나.

라디오를 사겠다는 작정 없이, 라디오를 장만할 사람처럼 테크노마트에 갔다. 에스컬레이터로 올라 3층을 훑고 2층으로 내려간다. 에스컬레이터 바로 앞에 라디오가 진열되어있다. 나는 이제 라디오를 살 사람처럼 이것저것 물어보고, 주인은 대답하고. 이제 밥솥보다 작은 크기의 라디오를 내놓는다. 디자인도 괜찮고, 내 귀에 돌아드는 음향도 마음에 든다.

"CD는? 테이프는?"

신제품으로 믿어도 된다고 하며, CD와 테이프가 없어 자못 아쉽다는 표정까지 짓는다. 내가 가장 중요하게 생각하는 것은 라디오 수신 상태다. 주인이 방향을 잡아놓은 안테나는 앞쪽으로 향해 있다.

"주파수를 맞추고 안테나를 이렇게…'

내 입은 벌어져 있으나 말을 하지 못한다. 툭 소리로 안테나가 뚝 부러졌다. 너무 쉽게 부러졌다. 부려졌다는 사실이 믿기지 않는다. 내가 잡고 있던 안테나를 주인이 슬며시 들어 무심히 들여다본다. 주인 역시 믿기지 않는 표정이다. 우리 둘은 부러진 안테나를 들여다보며 아무 말도 하지 않는다. 초침이 들리는 듯한 시간이 지난다. 내가 말한다.

"나, 어떻게 할까요?"

나는 이 말을 던져놓고 그의 대답을 기다린다. 그도 망연하기는 마찬가지라고 나는 짐작한다. 그는 안테나만 만지작거리며 여전히 말이 없다. 내가 결연히 말한다.

"나, 갑니다."

식탁에는 아내와 둘이 마주 앉는다. 일상적인 이야기, 텃밭을 일구고, 아무 말 없이 식사를 끝내기도 한다. 나는 밥과 국을 조금씩 남기는, 언젠가는 고쳐야 할 좋지 않은 습관을 갖고 있다. 나는 식탁에서 벗어나 안방으로 들어온다. 물 한 잔 마셔야지, 하면서 식탁으로 간다. 아내는 내가 먹고 남긴 국에, 내가 남긴 밥을 막 말고 있다. 나는 점잖다.

"국과 밥, 저기에 있잖아? 왜 먹던 것을 먹어?"

"뭐, 어때?"

태연히, 그리고 맛있다는 듯 후루룩 쩝쩝, 씹고 삼키고 반찬을 집적거린다.

또 하나.

일 년에 한 번 정도 딸이 오면, 식구는 다섯 명이 된다. 거실 교자상 위에 상이 차려진다. 나는 천천히 그러나 꾸준히 밥을 먹는다.

"맛있게 먹었네."

나는 일어나 베란다에 슬며시 나갔다 들어온다. 딸, 내가 먹던 국에 내가 남긴 밥을 숟가락으로 퍼 넣고 있다.

"밥솥에 새 밥이 남았을걸. 냄비에는 국도 있고. 먹던 밥과 국을 왜 먹어?"

"어때서요. 맛있어요."

나는 지금까지 아내가 먹던 밥이나 국, 아이들이 집적대며 남긴 밥이나 국을 먹어본 적이 없다. 내 머리는 이해되지 않는, 변하지 않는 회로가 작동하고 있음이 분명하다.

"나, 어떻게 할까요?"

신호등 앞에서

한 회원이 자작시를 마이크 앞에서 낭독한다. 마이크를 파고든 소리는 금방 실내를 가득 채운다.

신호등 앞에서

빠른 걸음으로
예까지 왔다
문득 서고 보니
신호등 앞

건너야…
서야 할까
망설여지는데

오가는 사람들 틈에

무슨 생각하며

어떤 마음으로 살았을까

신호등 앞에서

기다림을 배운다

—이명희

'빠른 걸음으로/ 예까지 왔다'

낭독하는 속도에 맞추어 눈으로 따라가다 이내 주욱 훑어본다.

'신호등 앞에서/ 기다림을 배운다.'

내 생각이 어정쩡하다.

'삶의 곡절마다 느껴졌던 망설임을 되돌아보며 쓴 글인 거 같은데. 살아온 과정이 늘 한결같지는 않았던 게지. 갈림길에서 터무니없는 용기로 선택한 곳에서는 오히려 불편함을 만났고, 고통도 겪고. 누구는 사뿐히 손을 잡아주며 고운 길만 걸으소서라며 위안도 격려도 되지 않는 말도 들었을 터. 그렇지. 살아오면서 어쩔 수 없이 만나게 되는 선택의 기로를 신호등 앞이라고 표현한 거야. 그런가.'

내 생각은 껑충거린다.

'세월이 흐르고 나이가 들어서야 알게 된 거야. 고민과 아픔은 헤치고 나아가 이겨내는 게 아니라, 기다리며 차분히 받아들이는 거라고. 그런 지혜를 얻은 거야. 틀림없어! 기다림을 배운다!'

천천히 두 번, 세 번을 입 속으로 읽어본다.

첫째 연을 본다.

'빠른 걸음으로'에서 내 생각은 확장된다. 우리의 삶은 늘 바쁘게 살아왔지. 뒤돌아보지도, 옆을 보지 않고, 그저 앞만 바라보고 달려온 거야. 허둥대며 늘 바빴지. 그럼, 이 '빠른 걸음으로'를 '바쁜 걸음으로'로 바꾸는 것이 알맞지 않을까. 그렇게 왔는데도 문득 서고 보니 '신호등 앞'이라네.

둘째 연이다.

'건너야…' 웬 말줄임표? 망설이고 있는 모습을 표현하려 한 거지? 그럼 아주 편하게 쉽게 망설이는 모습을 드러내면 되잖아. '건널까'. 좋잖아. 우리는 삶에서 자주 망설임의 순간을 만나지. 나의 망설임은 대개 기분이 꿀꿀한 경우가 많았어. 그런데, 연마다 행수를 왜 다르게 했을까? 네 줄, 세 줄, 세 줄, 단 두 줄! 독창적인 글쓰기인가? 그렇다기에는 조금 부족한 모양새인데. 나는 둘째 연의 마지막에 한 행을 끼워 넣는다. 여전히 망설이고 있으니 '아직도 신호등 앞'.

셋째 연에서는 삶의 여정을 되돌아보고 있구나.

마지막에 한 행을 덧붙인다. '신호등 앞에서 생각한다'를. '생각한다'가 있어야 넷째 연과 잘 이어질 터이니까. 그렇지만 안 돼! 한 연 속에 '생각하며', 중복되는 표현은 좋지 않다고 했어. 애매하지만 이렇게

김후곤 수필집

붙여볼까. 그냥 '신호등 앞에서'라고. 이건 도치법이고.

넷째 연에는 앞에 두 행을 넣어본다. 선택의 기로에 있을 때, 우리는, 나는 얼마나 서성였는가. 멈칫댔지. 옆도 훑어보고, 하늘도 올려다보고, 땅에 주저앉아보기도 하고. 스스로 알아채지 못하는 사이에 세월은 자꾸 흐른 거야. 첫 행에 '한참을 서성이고' 둘째 행에는 신호등을 연상하게 하는 '불빛이 자꾸 바뀌고'

나는 글쓴이의 생각에 들어갔다 나온 것 같은 생각이 들어 잠깐 기분이 상큼해진다. 좋다.

선생님께서 이끌어 준다.

"첫째 연과 셋째 연, 줄 바꿈이 급하다."

나는 두 연을 작은 소리로 읽어본다. 그런 것 같기도 하고, 괜찮은 것 같기도 하고. 내 시 감상 수준이 이 정도지 뭐.

"김 선생, 이 시에 대해 할 말 있으면 해 봐요.'

선생님의 말씀에 나는 잠시 당혹해한다. 내 생각을 읽고 계시는가. 나는 어벙하게 두서없이 생각을 늘어놓는다.

선생님은 자상하다.

"시에는 리듬이 있어야 한다. 리듬, 읽기 쉽고 생각의 따름이 편하다."

시간은 많은데

'친구들, 건강하고 더위 잘 견디고 있지? 나는, 시간은 많은데 만날 사람이 없네.'

오십 대 끝에 퇴직하고 제2의 삶을 시작하는 사람이 신문에 글을 실었다. 아쉬움보다는 후련함으로 아침이면 창문을 활짝 열고, 심호흡을 하고, 새소리를 듣는다 했다. 멀리서의 뻐꾸기 소리도 귀에 들어온다고. 몇 개월이 지나며 허전한 마음이, 추녀 끝에서 떨어져 깨진 그릇에 물을 채우듯, 머리에 무언가가 차오르는 듯한 느낌이 들었고, 자신도 모르게 중얼거렸단다.

'시간은 많은데 만날 사람이 없네.'

나도 언뜻 같은 심정이 된다. 해서 초등이, 고딩이, 대학이의 '카톡'에 충동적으로 올린 글이다.

초딩이.

몇 년간 서울의 마포에서 영등포로 직물기를 들고 버스를 타고 다

김후곤 수필집

니다, 어느 날 훌쩍 고향으로 내려간 C, 참 오래됐다. 가장 먼저 핸드폰에 문자를 남겼다.

'버스 타고 한번 내려와.' 이 문자 속에는, 바닷가에 가 박속낙지탕으로 밥 먹고 술도 한잔하자는 뜻이 숨어 있다.

초등이 모임을 수년째, 코로나19로 장기 집권 중인 H의 점잖은 글이 올라왔다.

'친구, 머리 좀 굴려. 숲이나 계곡, 장마에 씻겨 흐르는 물에 발만 담가도 돼. 더위 식히고, 건강 유지에 보탬이 될 걸세. 가까운 곳으로, 지금, 바로 움직여.'

나는 이 글을 읽고 대뜸 투덜거린다.

"혼자서? 같이 갈 사람이 없다니까!"

고딩이.

문자를 보내자마자 기다렸다는 듯이 '나도!'라고 문자를 보낸 녀석은 J다.

잠시 후 전화벨이 부르륵 부르륵 거린다. 핸드폰 창에 A의 이름이 뜬다. A가 다짜고짜 대든다.

"야! 너 그렇게 한가하냐? 우리 나이에 코로나를 무사히 넘기는 것만 해도 큰 복을 받은 거로 생각하지 않고, 무어? 만날 사람이 없다구? 임마, 복에 겨웠구나."

나는 헛웃음으로 짐짓 말을 아낀다. A의 목소리가 커진다.

"너, 막국수 먹을래? 당장 나와!"

"지금은 안 되고…."

"다음 주는?"

"월요일, 화요일은 일정이…."

"뭐야? 너 엄살이니?"

내가 카톡에 올린 글이 잠깐 생각나고, 나 자신이 그렇게 외로운 생활을 하고 있는 것은 아니라는 느낌이 들었다. 만날 사람이 없다고 불평할 정도도 아니고.

A의 못을 박는 말투가 탕탕거린다.

"야, 막국수, 내가 산 거야. 내가 샀다!"

어정쩡하게 통화를 끝냈다. 핸드폰이 신난 모양이다. 또 몸을 흔든다. Z다.

"일주일 전에 친구들이랑 나로도에 갔다 왔어. 얘들 모두 건강하고, 생각이 바르다. 늙는 것만 빼놓고, 모두 잘 나가지. 다음 모임에 연락할게. 꼭 나와."

대학이.

L, 대학 다닐 때 이웃에서 자취하던 친구다. 밥하기가 싫었고, 반찬 만들기는 더욱 난감한 일이었다. 자취하던 친구들끼리 이 집 저 집으로 몰려다니며 한 끼를 때웠고 무엇 모르는 멋을 내며 막걸릿잔을 들어 올리곤 했다. 이 친구는 졸업 후 몇 년이 지나 교직을 떠났으면서도 우리들과 끊임없이 소식을 주고받았고, 모임도 함께한다. 문자로 만날 사람이 있다는 것을 확인해 준다.

'후곤아, 7월 16일(토) 칠우회 미팅, 알고 있겠지?'

대학 다닐 때의 반장이 동영상을 띄웠다. 평상시에는 '무슨 동영상?' 하는 호기심뿐이다. 5초도 걸리지 않아 멈추고 나갔다. 반장이 보내준 동영상은 끝까지, 꼼꼼히 들여다보았다. 가요 '애정이 꽃피는 시절'의 멜로디가 중저음의 색소폰으로 흐르고, 계곡, 호수, 평원의 길, 고래가 솟구치는 바다, 아바타의 배경, 석양과 '김삿갓'의 허허로운 모습이 이어진다. 자막이 들어오고 서서히 사라진다. 스무 행이 넘는다.

'한 세상 왔다가는 나그네여

가져갈 수 없는 것에 미련을 두지 마오.

……

맛있는 거 골고루 먹고 세상 구경 잘했으면 만족하게 살았지요.

……

지족제일부(知足第一富)

만족을 아는 사람이 제일 큰 부자다, 입니다.'

완전 신파다. 그렇지만 나는 대여섯 번 듣고 보고 읽었다.

'시간은 많은데, 만날 사람이 없네'에서는 외로움이 보인다. 나는 문자에서처럼 그렇게 외로움을 타고 있지 않다. 다만 신문에 글을 쓴 '사람'의 심정에 잠깐 동조하고 그럴 때도 있지, 하는 심정이었다. 그래? 나도 한번! 하며, 친구들에게 올린 문자였다.

　고맙다. 이 글을 쓰고 나니 새삼 더 고마워진다.

고딩이, '나도' '막국수'와는 목요일에 만나 막국수를 마구 먹기로 했다.

더미(dummy)

실험용 인체 모형이 운전하는 자동차는 시속 50km의 속도로 달려가 앞을 가로막고 있는 장벽에 정면충돌한다. 자동차의 앞부분은 찌그러지고, 튀어나온 에어백에 인체 모형의 머리 부분이 처박힌다. 인체 모형의 여러 부위에 연결된 수십 가닥의 전선이 함께 출렁거린다. 인체 모형이 직접 운전하는 것은 아니고 자동운전 시스템으로 진행된다. 주행시간은 5초, 순식간이어서 맨눈으로는 무슨 일이 일어났는지 알 수 없다, 고속촬영하고 이를 영상으로 돌려보아야 자동차와 그 안의 정황을 확인할 수 있다. 인체 모형에 연결된 측정선은 자동차 안과 밖에서 일어나는 일을 수치로 기록한다. 자동차 범퍼가 찌그러지는 정도에 따라 인체 모형은 어떻게 반응하는가를, 에어백을 장착하지 않았을 때와 장착했을 때 운전자의 신체는 어떻게 움직이는가를 비교한다.

자동차의 앞부분이 어느 정도 파손되어야 충격을 흡수해 차에 탄 사람이 덜 다치는가, 에어백은 언제 튀어나와 사람을 감싸는가, 충돌 시 문이 열리는가, 위험한 상황에서 탈출할 수 있도록 수동으로 문을 열 수 있는가, 통유리는 깨지며 잘게 부서지는가 등의 안전성을 실험한다.

이 실험에 사용되는 인체 모형을 '더미(dummy)'라고도 한다. 성인 남성, 여성, 어린이, 유아까지 더미의 종류는 다양하다. 제작 비용은 대개 몇천만 원, 가장 비싼 것은 10억 원이 넘는다. 이런 실험으로 회사는 자동차 제작 결함을 찾아내고, 부품을 관리하며 미래 자동차를 연구한다. 특히 운전자의 안전성을 높이기 위해 더미를 활용한다.

사람이 '더미'의 신세가 된 적이 있다.

제1차 세계대전(1914.07.28 ~ 1918.11.11) 중 프랑스와 독일 사이의 '서부전선'은 참호전으로 참혹했다. 먼저 대포로 집중포격을 가했다. 몇 시간을 포격하는 것이 아니라 며칠 동안 포를 쏘아댔다. 이중 '솜 전투'(1916년)에서 연합국은 8일간 150만 발을 쏘았다. 적 진영을 대포로 초토화하고, 이제는 보병이 정면으로 진격했다. 그러나 적의 기관총, 철조망 그리고 포격으로 보병들은 독일군 참호 근처에 다가가지도 못하고 전멸했다. 이런 참호전을 되풀이했다. 그렇게 솜 전투에서만 양쪽 병력 100만 명이 살상됐다.

제1차 세계대전은 유럽, 중동, 아프리카로 전장이 넓어지고, 각 나라는 총력전을 펼쳤다. '전쟁의 신'은 사람을 더미로 생각한 듯하다. 4년 넘게 사람을 전쟁 속으로, 죽음의 전쟁터로 몰아붙였다. 이 세계대전에서의 사망자 수는 약 3900만 명이 된다. 이 '실험'의 결과로 철모를 쓰게 되고, 살상용 독가스가 뿌려지고, 화염방사기, 전차를 발명하고, 기관단총과 전투기·폭격기가 등장했다.

제2차 세계대전(1939.09.01 ~ 1945.09.02) 중 독일과 소련의 마지막 힘겨루기는 스탈린그라드를 두고 벌인 공방전이었다. 자신의 입지, 존재를 확인하고, 승리를 위해서는 반드시 상대방을 절멸시켜야 한다는 각오이었기에 온갖 참혹한 일들이 벌어졌다. 스탈린그라드는 소련군의 초토화 작전으로 여섯 달 동안 불탔고, 이 틈을 이용해 시내로 진입하려는 독일군은 강하게 저항하는 소련군에 의해 좌절되었고, 이런 교착상태가 지속되면서, 이곳에서의 전투는 인류사 최대·최악의 격전 중 하나가 됐다. 이 전투에서만 약 1300만 명이 살상됐다.

제2차 세계대전은 남극을 제외한 세계 모든 곳에서 전쟁이 벌어졌다. 이 시기에도 '전쟁의 신'은 주저하지 않고 사람을 '더미'로 활용했다. 이 세계대전에서의 사망자 수는 약 5000만 명으로 추산하고 있다. 이 '실험'의 결과, 인류 최대 비극이라는 원자폭탄이 지상에 떨어졌다. 원자폭탄을 제조하는 데 주도적으로 참여했던 오펜하이머가 말했다.

'나는 이제 죽음이요, 세상의 파괴자가 됐다.'

나는 때로 '더미'가 된 기분이 든다.

자동차를 몰고 가, 멈칫멈칫 주차하고, 두 곳의 현관을 거치고, 엘리베이터에 올라타 2층의 문헌실로 간다. 그곳에는 수십만 권의 책들이 차렷 자세로 말 한마디 하지 않고 늘어서 있다. 마치 바다에서 떠낸 한 바가지의 물인 양, 그중 몇 권의 책을 골라 편히 쉬엇! 하는 듯

품에 안고 돌아온다. 수십만 권의 책은 말할 것도 없고, '다섯 수레의 책'을 읽는다는 것은 결코 만만치 않다. 그런데도 자꾸 도서관으로 향하는 발길을 멈출 수 없다. 나의 독서, 이 '실험'으로 책은 나에게 무엇을 주려 하는가. 사람의 마음을 잘 읽을 수 있게 된다고? 다양한 인물들의 목표, 행동의 동기, 갈등을 알게 된다고? 그들의 행동을 나와 비교해 볼 수 있다고?

이런 생각 끝에, 며칠 전 친구가 한 말이 떠올랐다.

"상황이 종료되면, 비로소 왜 그런 일이 일어났는지 알게 된다. 영화 보잖아? 끝까지 보면 결말이 드러나."

그런가?

책장을 넘기다 보면, 언젠가 그 너머에 있는 무언가를 발견할 수 있을 거라는 생각은 참으로 막연하다. 그렇지만 책을 읽으면 일단 재미있고 뭔가 남는 것 같은 기분이 든다.

우리는 '더미'가 되어 하루하루를 보내고 있다. 이런 실험용이 되지 않기 위해서, 하루하루에 충실해야 할 일이다.

김후곤 수필집

무엇을 도와드릴까요

달구는, 지난 2월 말부터 범행 당일까지 바닷가 작은 도시에 거주했다. 그 도시 지흥동 소재의 원룸 주인과 범행 전날 만나 월세를 정산하고 시청 인근 여관에서 하루를 묵었다. 달구는 스스로 신변 정리를 깔끔하게 정리했다고 생각했다. 낮 12시 30분께 효가동 생활용품점에서 회칼 두 자루를 샀다. 길이는 18cm였다. 그것을 신문지에 둘둘 말았다.

달구는, 3남 4녀 중 막내. 오래전부터 가족과도 연락을 끊은 채 결혼도 하지 않고 주로 노동일을 하며 지내왔다. 가족과 연락을 끊은 후, 20여 년을 따뜻한 밥상을 받아 본 적이 없었다. 지난해에는 부산에서 아무런 이유 없이 5층 건물에 '묻지 마 방화'를 질렀고, 주민의 신고에 의해 30분 만에 파출소로 연행되었다. 그리고 올해 1월 집행유예를 선고받자 부산에서 바닷가 작은 도시로 거처를 옮겼다.

"세상이 싫다!"

달구는 신문지 한 장에 18cm 길이의 회칼을 한 자루씩 둘둘 말았다. 청바지 뒷주머니 왼쪽에 한 자루, 오른쪽에 나머지 한 자루를 찔러 넣었다. 칼끝이 밑을 향해 있어 찔리지 않을까 잠시 생각해 보았지만, 말려져 있는 신문이 보호해 줄 것이다. 말려진 신문 사이로 회칼의 손잡이 밑 부분이 동그랗게 보인다.

거울 앞에서 티셔츠의 깃을 다듬고, 가슴도 내밀어보고, 뒷주머니에 찔러 넣은 것을 두 손으로 툭툭 쳤다. 가슴에 뿌듯함이 밀려온다. 서부의 사나이였다.

밖은 폭염이었다.

"나아~ 나, 징역 가고 싶다!"

주민센터 현관을 들어선다. 민원실이 먼저 눈에 들어온다. 창구에 앉아있는 직원에게 다가간다. 직원은 고개를 숙이고 숫자를 쓰고 있다. 오른쪽 뒷주머니에서 엄지와 검지만을 사용해서 회칼의 밑 부분을 잡고 끄집어낸다. 한 번의 반동으로 찔러 자세로 회칼을 바로 쥔다. 이런 행동을 눈여겨보는 이 하나 없다. 짜증인가 장난기가 동한다.

"여기 있는 사람들, 모두가 공무원이냐?!"

까만 머리만 보이는 창구 직원의 허연 팔뚝이 도도록하다. 허연 팔만이 보인다. 천천히 그러나 정확하게 칼을 내지른다.

"억! 왜 이러…"

창구 직원은 아픔이 짧게 느껴진다. 힐끗. 창구 앞에 서 있는 남자는 검은 물체로 보인다. 순간 시선이 왼쪽으로 옮겨진다. 팔뚝에 통증이 있고 끈적거리는 액체가 흐른다. 정면으로 옮겨진 눈에는 형광등에 날카롭게 반사되는 칼이 보인다. 공포가 가슴을 덮친다. 비명이 터진다.

　"특별한 이유가 있어서 관공서에 들어간 것은 아니다. 큰 건물에 사람들이 많을 것으로 생각해, 아무나 살해하려고 했다."

　달구의 이마에 땀이 삐죽이고 얼굴이 붉어진다. 창구 안쪽으로 통하는 문을 밀치고 재빠르게 들어간다. 왼쪽 뒷주머니에서 꺼낸 칼은 찍어 자세가 된다. 양손에 칼이다. 창구 안쪽에서 순간 멍해진 남자 직원에게 날쌔게 두 칼을 휘두른다. 서두름이 없고 휘두름에도 일정한 리듬을 타고 있다. 두 칼에 의해 그 남자는 질린 표정이 되어 바닥에 쓰러지고 버둥거린다.

　그제야 직원들은 소리를 지른다, 책상 밑에 쭈그리고 앉는다, 비상구를 찾는다, 전화기를 들고 책상을 뛰어넘는다, 우왕좌왕이다. 일순 민원실의 공기에 서릿발이 선다. 달구는 바닥에 쓰러져 버둥거리는 남자 직원을 내려다본다. 칼을 든 두 손이 천천히 내려진다. 창구에서 가장 먼 쪽으로 어슬렁어슬렁 걸어간다. 철제 캐비닛 앞에 가서 등을 대더니 미끄러지듯이 주루룩 쭈그려 앉는다. 철제 캐비닛 위에 드나드는 시민이 쉽게 볼 수 있는 키 작은 삼각 패널이 올려져 있다. 삼각 패널에 적힌 문구에는 시민들에게 도움을 아낌없이 주겠다는 직원들의 생각이 담겨있다. 쭈그려 앉는 달구의 밀침으로 캐비닛 위의 삼각 패널이 흔들리다 툭 떨어진다.

　'무엇을 도와드릴까요'

성남 분당에서 30년 넘게 살고 있습니다. 강산이 세 번이나 변했다고 말할 수 있습니다.

분당으로 이사 간 지 10여 년이 지나자 저의 집 어깨 근처라고 할 정도로 가까이에 분당선 이매역이 생겼습니다. 2016년에는 경강선 환승역이 개통됐고 판교와 여주를 오가고 있습니다. 아파트 주방 창으로 보이는 5번 출구 안내표지판은 한밤중에도 노란색으로 저와 눈을 맞추고 있습니다. 요즈음에는 집 허리춤이라 할 수 있는 가까운 곳에 GTX-A 역 중의 하나가 문을 열어, 저를 멀리 편하게 다니라며, 그래서 더 많은 것을 보고 들으라고 유혹하고 있습니다.

이는 땅속에서 일어난 변화였고, 지상에서도 그만큼의 변화가 있었습니다.

다른 하나.

탄천은 경기도 용인의 법화산에서 발원하여 구불구불 내려오며, 제가 살고 있는 아파트 옆을 지나고, 마침내 올림픽주경기장을 끼고 나가 한강으로 들어갑니다. 아주 먼 옛날 삼천갑자 동방삭이 이곳에서 살았다고 합니다. 이야기는 이렇습니다.

저승사자가 이 하천에 와서 숯(炭)을 빨았구요. 어떤 사람이 와서 그 까닭을 묻자 저승사자는 이렇게 말했다나요.

"검은 숯을 희게 하려고 이렇게 씻고 있다오."

이 말을 들은 사람, 허리를 잡고 윗몸을 앞뒤로 빠르게 뒤틀면서 크게 웃었구요.

"나, 삼천갑자를 살았지만, 숯을 빨아 하얗게 만든다는, 너 같은 우둔한 자는 처음 보는구나."

그렇게 그만 동방삭은 저승사자에게 잡혀갔답니다.

저는 동방삭을 좋아합니다. 그가 오래 살아서가 아닙니다. 삼천갑자, 십팔만 년을 살았어도 여전히 남아있는 인간의 어리석음(?)을, 어쩌지 못하는 사람의 약점을 보여주기 때문입니다. 저는 탄천을 자주 걸으면서 사람들의 날것 그대로의 삶, 민낯을 생각하곤 합니다. 저는 이런 사람을 좋아합니다.

이 책에 실린 글.

청하 성기조 선생은 제 생애에서 큰 스승이셨습니다. 만남은 5년 정도이지만 제 글을 한 편 한 편 읽고 지적하고 격려하며 다듬어주셨습니다. 또 이런 말씀도 하셨구요.

"글을 쓰려면 먼저 사람이 되어야 해."

안타깝게도 청하 선생은 작년에 저세상으로 떠나셨습니다. 참으로 어처구니없는 일이었습니다.

　이렇게 이끌어 준 글들은 계간지 《수필시대》와 《문예운동》에 꼬박꼬박 실렸습니다. 청하 선생님 그리고 제 글을 믿고 게재해 준 계간지 주간 두 분, 고맙습니다. '고맙습니다'라는 말로는 턱없이 부족한 고마움으로 남았습니다. 여전히 고맙습니다.

　그리고 여기까지 읽어주신 분들에게도 인사드립니다.

　감사하고 고맙습니다.

　　　　　　　　　　　　　　　　　　2024년 늦은 봄

　　　　　　　　　　　　　　　　　　　탄천 옆지기

　　　　　　　　　　　　　小泉 김후곤